LES

DÉLASSEMENTS

DU CŒUR ET DE L'ESPRIT

4ᵉ SÉRIE IN-12.

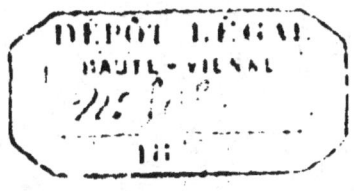

LES
DÉLASSEMENTS
DU CŒUR ET DE L'ESPRIT
POUR LES ENFANTS

PAR

Mme JULIA MICHEL.

LIMOGES

EUGÈNE ARDANT et Cie, ÉDITEURS.

LE LIVRE

DES

PETITS GARÇONS.

—x—•◦•—x—•◦•—x—•◦•—x—•◦—◦•—x—•◦—x—•◦•—x—•◦•—x—

I

LE JOUR DE CONGÉ.

C'ÉTAIT une jolie ferme tout entourée d'arbres, toute vivante par les mille bruits qu'y
répandaient ses hôtes inévitables : là les poules
becquetaient dans un tas de fumier, les canards
clapotaient dans une mare, la chèvre capri-
cieuse retenue par un piquet planté en terre,
allongeait sa tête noire au travers d'une haie
pour saisir quelques bourgeons de vigne, un
âne revenu du marché penchait sa tête dans
l'abreuvoir; et là, devant cette joyeuse habita-
tion, s'était arrêtée, un jour, une troupe de
petits garçons conduits par leur maître.

Le voisinage de la ferme, qui promettait du
bon lait chaud, du pain bis tendre, de la ga-

lette fraîche, tout avait décidé la bande folâtre
à choisir cette place pour ses ébats. A peine les
rangs furent-ils rompus, que chacun se mit en
devoir de passer gaîment cette heure de récréation; et la toupie de tourner en soufflant
sur le carré de terre durcie, qui, longeant les
murs de la ferme, s'arrondissait en fer à cheval devant sa porte moussue; et le volant de
bondir de l'une à l'autre raquette, le sabot de
siffler sous les coups de la peau d'anguille.
Ceux-ci cherchaient, tout courbés devant la
ferme, un debris de faïence bleue pour tracer
dans le sable une marelle bien régulière; ceux-
là avaient dressé leurs quilles sur le gazon;
une partie de barres commençait à s'organiser;
devant un tronc d'arbre, l'un d'eux, ayant déposé un magnifique cerf-volant, s'occupait à
rajuster les papillotes de la queue froissée
pendant la marche, tandis qu'avec un regard
d'admiration un autre attendait debout, la pelote de ficelle en main, contemplant à son aise
le splendide cerf-volant tout enluminé, semé,
avec une profusion rare, d'étoiles en papier
bleu, de ronds et d'ovales, embellis au milieu
par une gravure où Geneviève de Brabant était
représentée avec sa biche. Mille acclamations
confuses retentissaient, se croisaient dans la
campagne.

— Vois donc comme ma toupie ronfle!

— C'est mon volant qui fait bien la rose !

— A toi ! — A moi ! — J'ai gagné !

— Prosper est prisonnier. — Non, je l'ai délivré.

— Tiens ferme, déroule la ficelle.

— Comme il vole, il est au-dessus de la maison !

-- Ah ! mon ballon s'est crevé, dit tout-à-coup un petit garçon ; et son cri de chagrin, de regret, s'éleva tout seul au milieu des joyeuses clameurs. Et il s'assit sur le banc de pierre, il pleura doucement en regardant encore ce ballon qui tout à l'heure sautillait si vivement du sol aux vieilles murailles, tout étincelant, tout brillant de ses triangles de peau bariolée, maintenant flasque, flétri, roulé dans la main du pauvre enfant.

Un petit espiègle l'aperçut :

— Tiens, Louis a crevé son ballon, dit-il, et il pleure ; ah ! c'est joli de pleurer pour un ballon ! Il n'y a que les petites filles qui pleurent. Et il s'éloigna en faisant *ralisse* au pauvre affligé.

— Est-il cocasse de pleurer ! reprit un autre en chassant avec son pied la pierre qui sautillait sur la marelle ; hi ! hi ! Ah ! que c'est joli !

-- Bon ! tu as mis le pied sur la raie, Adrien, dit l'enfant qui jouait à la marelle avec le moqueur.

— Allons donc, le malin ! il prend le moment où je parle à ce mioche pour me tricher.

— C'est bien vrai, tu as appuyé un talon sur la raie...

— Eh bien ! recommençons......

Louis, le pauvre enfant au ballon, baissait la tête à la moquerie, renfonçant ses larmes avec ses doigts, comprimant ses lèvres entre ses dents pour retenir ses sanglots. Son ballon était retombé à terre, et il le regardait tristement, lorsqu'un petit mutin à tête frisée vint le joindre.

— Eh bien ! dit-il en faisant sauter avec son pied les débris du ballon, eh bien ! tu l'as donc abîmé ? c'est dommage, moi qui venais te demander de me le prêter.

Louis répondit par un sanglot.

— Veux-tu jouer aux billes ? demanda le petit étourdi ; je te prêterai ma belle bille d'agate.

— Mon ballon, mon ballon, murmurait toujours Louis ; mon pauvre ballon !

— Ah bah ! il ne faut pas y penser ; ton ballon ! ton ballon, à présent qu'il est crevé, c'est fini.

— C'était maman qui me l'avait donné ; mon Dieu, mon Dieu !

— Voyons, interrompit l'espiègle impatienté, veux-tu jouer aux billes ? une, deux, trois, tu ne veux pas?... Et, sans attendre la réponse, il s'éloigna à cloche-pied, criant : Qui veut jouer à la fossette? qui veut jouer à la fossette?

Et Louis se trouva encore une fois abandonné. Tiens, dit-il tout-à-coup, si j'achetais du lait? Et il fouilla dans la poche de sa petite veste bleue, dans celles de son pantalon blanc, de son gilet, où, le matin, il avait déposé la petite pièce de dix sous qu'il recevait chaque semaine pour ses menus plaisirs.

— Ah! mon Dieu, s'écria-t-il tout effrayé, est-ce que je l'aurais perdue! Et il fouilla une seconde fois dans sa poche, la vida, la retourna, en tira tour à tour un couteau, un mouchoir de poche, une vieille toupie sans clou, mais de petite pièce point.

— Mon Dieu, mon Dieu! sanglotta le pauvre Louis, regardant tour à tour ses poches vides et son ballon crevé; et il se retourna pour pleurer à son aise.

— Mes petits messieurs, dit la fermière, qui sortait avenante et accorte avec son jupon rouge, son tablier gorge de pigeon, ses souliers à boucle, son bonnet à barbe, son blanc fichu plissé en coude sur le derrière du cou, pour qu'on pût voir sa petite Jeannette d'argent, mes petits messieurs, voulez-vous acheter du lait chaud, des cerises, des fraises, du fromage à la crème, de la galette? Entrez, la galette sort du four, elle est délicieuse. Qui veut goûter de la bonne galette, aller cueillir des fraises au jardin, ramasser des cerises sur l'arbre ?

Louis s'élança d'abord; puis la perte de ses dix sous lui apparut si formidable qu'il ne bougea pas, lui qui aimait tant la galette et les fraises !

Du reste, il fut le seul qui ne put se rendre à l'invitation de la gentille fermière; il y eut un mouvement général, extraordinaire parmi les enfants; le cerceau roula tout seul, la baguette fut jetée après lui, les quilles furent renversées, la marelle abandonnée. A un coup décisif, les sauteurs s'interrompirent dans une veine superbe; les toupies ronflèrent à leur aise, le volant tomba au beau milieu de la mare, sans qu'on songeât à le ramasser; les deux camps du jeu de barres confondus volèrent à la ferme et tous les joueurs, se poussant, entrèrent pêle-mêle dans la grande salle du fermier. Car tous avaient le gousset garni ce jour-là, la semaine ayant été distribuée le matin, et c'était à qui serait servi le premier.

—Je veux du lait et du pain bis! Du fromage à la crème ! — Pour trois sous de galette et deux sous de cerises !

— Combien les fraises? Qui veut acheter de cidre avec moi?

Ces clameurs, qui bruyaient au dehors, étaient trop bien entendues par le pauvre Louis. Chaque nouvelle demande lui faisait tinter les oreilles et ravivait son angoisse. A huit ans, même plus tard, qui n'est pas un peu gourmand ? Surtout à la campagne, où l'on a toujours faim ; surtout quand on a la douleur d'avoir perdu le seul jouet qui pouvait distraire et faire oublier l'appétit !

Les enfants ne tardèrent pas à sortir, tous commençant à faire honneur à leurs emplettes, les uns déjà tout barbouillés du fromage qui s'étendait en couche épaisse et blanche sur une large tartine; les autres, la tête penchée sur la jatte de lait, y découpent un croûton bien tendre. Puis c'étaient des fraises sur une feuille de vigne, des cerises dans une casquette, le tout fêté de si bonne grâce que l'eau vous en montait à la bouche.

— Va donc acheter, Louis, il ne restera bientôt plus de galette, et elle est joliment bonne, va, dit, en passant, Prosper, le petit garçon aux billes, la bouche pleine, tenant à la main son morceau de galette bien jaune, dont le parfum tourmentait horriblement le pauvre Louis.

Un autre succéda : Est-il pleurnicheur ce Louis ! qu'as-tu donc que tu ne déjeunes pas ?

— C'est son ballon qui est crevé, il n'a plus faim, reprit un troisième.

— Ah ! c'est un avare, je suis sûr que c'est pour ne rien dépenser.

— Il a perdu ses dix sous, je parie ; il marche toujours tout d'une pièce, d'abord.

— Fallait donc mettre ton argent dans le coin de ton mouchoir de poche, comme moi.

— Il est insipide, ce gamin-là ; c'est pire qu'une demoiselle. Dis donc à ta maman qu'elle t'achète une robe et un bonnet, ma petite, dit ironiquement le joueur à la marelle.

En ce moment Léon, le possesseur du cerf-volant, arriva tout en sueur, courant pour faire lever son cerf-volant, qui déjà flottait là-haut, là-haut, comme s'il eût touché les petites nues blanches qui couraient dans l'air balayées par un vent frais.

— Dites donc, les amis, s'écria-t-il, j'espère que vous n'avez pas tout pris ; y a-t-il encore de la galette et du lait ? Je meurs de faim et de soif, d'abord.

Comme il parlait ainsi, il aperçut le pauvre Louis, toujours piteusement à l'écart, les yeux rouges, le cœur gonflé.

— Eh bien ! qu'as-tu donc ? dit Léon s'arrêtant tout court, ne songeant plus au cerf-volant : t'a-t-on fait quelque niche ? parle, mon pauvre Louis.

L'enfant montra son ballon, puis il dit :
— J'ai perdu mon argent, et j'ai faim....

Tous riaient derrière Léon. — Celui-ci se
retourna, laissant tomber la pelote de ficelle.
— Et vous ne lui avez rien donné? Ah bien!
par exemple, il faut être gourmand, tout de
même. Viens, ajouta-t-il, en prenant Louis par
le bras; viens, nous allons partager. — Voilà
le cerf-volant qui tombe ! dirent les autres enfants, un peu confondus par la générosité de
Léon.

Louis courut ramasser le cerf-volant, l'ap-
portant avec précaution à son petit protecteur.
— Il n'est pas gâté, observa-t-il en souriant.
— Tant mieux, répondit Léon, car il est pour
toi ; en rentant je tâcherai de raccommoder ton
ballon ; en attendant, allons déjeuner.

Quelques instants après ils étaient installés
sur un banc de pierre, déjeunant amicalement:
Léon plus heureux que Louis peut-être !

— Ah! mon Dieu, comme c'est bon le pain
bis dans le lait! disait le premier, tant sa
bonne action lui faisait paraître ce simple ré-
gal délicieux. Quand tout fut cordialement par-
tagé et achevé, les deux nfants allèrent faire lever leur cerf-volant, et l'heure s'écoula pour eux
joyeuse et rapide. Quant aux autres, il n'en
fut pas de même; il y avait comme un repen-
tir sur leur cœur. Et vous le comprendrez, mes

enfants; vous êtes ainsi : alors que votre petite conscience vous adresse un reproche, vous
cessez d'être joyeux, alertes, souriants, et cela
jusqu'à l'instant où le pardon, le baiser de votre bonne mère vous auront réconciliés avec ;
me vous-mêmes.

— Déjà partir! dit Léon, à l'appel du maître; il me semble qu'il y a à peine un quart
d'heure que nous sommes ici.

— Vraiment, reprit Adrien; voilà plus de
trois heures; et quand même on s'ennuie comme tout ici.

Les rangs se formèrent; les enfants dirent
adieu à la ferme, et une demi-heure plus tard
ils arrivaient au pensionnat.

— Louis! Louis! ta maman t'attend au par-
loir, cria-t-on à l'enfant, comme son rang dépas-
sait le seuil. Il fit un bond de joie et s'élança
dans le salon.

Il revenait, quelques instants après, tout
chargé de friandises. — Léon, Léon, appela-
t-il en entrant dans la classe; Léon, tiens,
voilà pour nous deux! Et il étalait sur la table
des tartes, des massepains, des meringues, des
oranges confites.

— Tiens, prends le reste, tu le serreras dans
ta baraque, ce sera à nous deux. Je te dis cela
pour nous dépêcher, vois-tu, parce que Monsieur a permis à maman de nous emmener tous

deux. Nous allons aller dîner avec elle, et de là
elle nous conduira à Franconi.

Léon reconnaissait alors la vérité de cette
parabole qu'on vous adresse toujours, lorsque
vous renoncez à une légère jouissance en faveur du pauvre petit Savoyard étendu sur le
trottoir : *Une bonne action n'est jamais perdue.*

— Ils vont joliment s'amuser, dit Prosper,
avec un rire assez piteux, à Adrien qui battait
le rappel sur son pupitre en chantant :

V'là le rappel , v'là le rappel
V'là le rappel des bouts de chandelles.

— Ah bah! ça m'est bien égal, dit-il, je n'aime
pas faire l'hypocrite, moi !

Toutes les fois qu'Adrien disait : Ça m'est
bien égal, c'est que ça ne lui était pas égal du
tout.

— Je n'aurais pas dû me moquer de ce mouf-
flard de Louis, pensa-t-il, surtout, lorsqu'au
dernier ébranlement de la cloche, en entrant
dans le réfectoire, son odorat lui annonça la
présence d'un plat de lentilles, mets inévitable-
ment suivi d'une soi-disant compote de pruneaux, chose qu'il exécrait par-dessus tout. Et
il se mit à faire des boulettes de mie de pain;
puis, visant le nez d'un Alexandre posé sur le
poêle du réfectoire, il ajouta tout bas :

— C'est bisquant, tout de même : est-il heu-
eux ce Léon !

Soyez toujours obligeants, mes petits amis,
la récompense viendra d'elle-même.

II

LES JEUNES SOLDATS.

Je ne saurais être plus content de Léon, avait
dit un jour M. Sennerre, le maître du pensionnat, au père du bon petit garçon dont je vous
ai parlé plus haut; ses devoirs sont toujours
soignés, propres; il est d'une application, d'une
docilité que je propose pour exemple à tous
ses camarades.

Et le lendemain on apportait à Léon un charmant costume de lancier, objet de convoitise
depuis longtemps pour cet aimable enfant.
Rien n'y manquait, en vérité : c'était l'élégante
casquette, si gracieuse, si dégagée, le pantalon rouge à liseré noir, la petite veste à bran-
debourgs, les épaulettes, le sabre; en un mot,
l'uniforme était au grand complet. Léon éprou-
va un délire de joie; ce jour-là, justement, se
trouvait un jeudi; l'après-midi tout entière était
accordée aux jeux. Léon put endosser son bel
uniforme, chacun vint l'admirer à son aise, des

pieds à la tête ; puis, tout examen fait, malgré
M. Adrien, qui, selon sa noble habitude de railler à tort et à travers, cornait aux oreilles de
qui voulait l'entendre :

Oh! le bel oiseau, vraiment, etc,

tous proposèrent à Léon de jouer au soldat
et d'être leur commandant.

Donc, cette détermination prise, chacun se
mit en devoir de s'équiper le plus convenable-
ment possible, déchirant les vieux cahiers pour
faire des chapeaux à trois cornes, posant des
cocardes de papier sur les casquettes et les
chapeaux, passant avec ostentation dans la
cravate mise en ceinturon les règles plates qui
devaient figurer les épées. Puis les vieux tro-
gnons de plumes, trouvés épars dans les classes, se dressèrent en aigrettes, en plumets. Les
manches à balais, mal consolidés, s'appuyèrent
sur les épaules de la milice nouvelle en redou-
tables piques. Prosper, qui était fort pour l'i-
maginative, après avoir fourni ses camarades
et lui-même de moustaches effrayantes, grâce
à un bouchon brûlé avec une industrie tout
ingénieuse, parfuma son mouchoir de poche
d'encre rouge, l'attacha après le jonc à battre
les habits qu'il avait trouvé dans le vestibule,
et, faisant ondoyer ce magnifique étendard,

arriva en galopant au milieu de ses camarades, criant à tue-tête : — Place au drapeau! place! c'est moi qui suis l'enseigne ! — Et moi, t'es-te ze suis? dit une petite voix impatiente.
— C'était Bibi, le petit du concierge, gros garçon de quatre ans, qui, la figure toute luisante d'une tartine de graisse, dont il avait léché le dessus, la tête encore défendue par un énorme bourrelet, réclamait sa place dans le régiment.

— Et le petit, faut-il qu'il joue? demanda Louis à Léon ; qu'est-ce qu'il sera, le bambin ? — Ah bien! ce sera un cuirassier, voilà son casque, dit Léon, en frôlant le majestueux bourrelet d'une chiquenaude.

Aussitôt maître Bibi courut, roula plutôt qu'il ne marcha, jusqu'à la loge.

— Maman, donnez la ziberne et le fusil à Bibi : le fusil et la ziberne, cria-t-il en frappant du pied.

— Oh ! une idée, s'écria Prosper ; assiégeons la cabane aux poules.

— Ça y est ! cria l'assemblée, ça y est !

— Ça y est ! répéta Bibi, qui arrivait complétement équipé.

— En avant... marche ! Pieds à gauche, dit Léon, en tirant son sabre, et le brandissant au soleil.

Tous se dirigèrent au pas vers la basse-cour; après maintes voltes-faces, ils arrivèrent de-

vant le petit treillage qui séparait la volaille
des cours et des jardins. Là, d'après un énergi-
que commandement de Léon, la troupe fait
halte.

— Attention ! s'écria le valeureux capitaine;
voyons à présent. Portez armes !... Présentez
armes !... Armes bras !... Feu !!!

Tous les manches à balais se tendirent. Pif...
paf... pan..... Les poules eurent l'impertinence
de soutenir la détonation sans bouger, sans re-
lever le bec seulement...

— Recommencez la décharge, s'écria Léon,
une noble rougeur au front...

Pif... pan... pif... Cette fois toutes les poules
se sauvèrent éperdues, battant de l'aile, glous-
sant à qui mieux mieux; jugez.... M. Bibi impatienté avait levé le loquet de la petite porte,
et courait après les poules, baïonnette en
avant.

— Bibi a pris la place! Bibi, bravo, Bibi a
pris la place ! criaient les assiégeants. M. Bibi
prenait bien autre chose : enthousiasmé par
les cris de victoire, il avait rejoint dans une
encoignure un malheureux poulet qu'il tenait
embroché, et qui, se débattant pitoyablement,
allait expirer sous les coups du vindicatif héros, lorsqu'un gros dindon avisa, par malheur,
le fichu de barége rouge qui entourait le cou
de maître Bibi, et se mit à le poursuivre en fu-

reur. L'infortuné Bibi avait trouvé sa bataille de Waterloo !.... Il se sauva à toutes jambes, criant comme un enragé, abandonnant sa baïonnette, son bourrelet emporté par un coup de vent, et toujours le dindon, le dindon fatal rasant sa petite blouse.

— Couvrez la retraite, mes amis! clama Léon : la phalange redoutable s'ébranla, s'entr'ouvrit juste au moment où Bibi arrivait trébuchant, éperdu; il se jeta au milieu de ses frères d'armes, et pour dernier désastre tomba sur son nez, qu'il outragea horriblement.

— Vengeance! vengeance! le dindon avait perdu la piste; la troupe exaspérée se précipita dans la place assiégée : poules, poussins, canards, dindons, tout ce qui s'ensuit, se sauva à tire d'aile dans la cour et dans le jardin.

— Victoire! Victoire! cria Prosper, en grimpant sur le pigeonnier, et attachant avec sa jarretière le drapeau vainqueur au petit tourniquet du toit....

— Ah! les drôles! Ah! les polissons! Voilà une belle débâcle! s'écria madame Laurent, la portière, arrivant tout effarée au milieu du dégât, son bonnet sur l'oreille par suite de sa stupéfaction, les jupons retroussés, marchant sur ses pointes, pour éviter les éclaboussures. Voulez-vous me ficher le camp, donc, et faire rentrer la volaille? Ah! bon Jésus du bon Dieu, les poulets qui sont dans les tulipes à Monsieur, et le dindon qui s'en va, et le grain qu'est par terre : ah! les drôles! les polissons!

— Où que t'es donc, Bibi? ajouta la terrible madame Laurent.

Bibi, tremblant comme la feuille, s'était botti derrière Louis, le tenant par les basques de son habit; il s'avança à la grosse voix de la portière.

— Voici, mémère, dit Bibi en montrant son pied gauche et sa grosse tête, tandis que le reste de sa petite personne était à l'ombre de Louis.

— Ah! je t'en donnerai des mémères. Où que tu t'es fait cette bosse au front? te v'là gentil garçon, ma foi! et ton fusil où qu'il est?

Bibi avança piteusement la main dans la direction du poulet, toujours embroché par la baïonnette.

Madame Laurent devint de toutes les couleurs. — Ah! malheureux, c'est-y toi qu'a fait ça?... Allons, les verges trempées dans du vinaigre, et de l'eau dans la soupe, et Croquemitaine que j' m'en vas appeler par la cheminée.

Bibi se mit à sangloter.

— C'est moi qui ai enfilé le poulet, mame Laurent, dit bravement Léon en s'avançant. Il ne faut pas gronder Bibi, je paierai le poulet.

— Nous le paierons tous! s'écrièrent les jeunes soldats.

— Puis voilà tout le bataclan qui est rentré, dit Prosper, en chassant devant lui un gros coq blanc, le dernier déserteur. Quant au poulet.....

— Quant au poulet, pour rendre service à M. Léon, interrompit Clément le cuisinier, il sera fricassé pour le dîner de Monsieur, et rien ne s'y verra.

— Allons, v'là qui est bon, dit madame Laurent à moitié apaisée, en rajustant son bonnet. Le feras-tu encore, Bibi ?

— Non, Bibi fera plus jamais, plus jamais!

— Allons, arrive que je te bassine le front avec de l'eau et du vinaigre.

La cloche sonna en ce moment, les exploits militaires en restèrent là, et, grâce à l'excellent caractère de Léon, qui savait se faire aimer de tout le monde, le plaisir qu'ils eurent dans leur petite expédition se trouva sans revers de médaille.

III

LE COLIN-MAILLARD.

E second déjeuner venait d'être terminé.

— A quoi jouerons-nous aujourd'hui ? s'écria Léon en sautant à pieds joints par-dessus la petite allée de pavés qui serpentaient dans la cour, plantée de peupliers, sablée et gazonneuse.

— Au cheval fondu !

— A cache-tampon !

— A Colin-Maillard ! à Colin-Maillard !

— Oui, oui, à Colin-Maillard, fut répété d'une voix unanime.

— Alors j'en suis, s'écria Adrien, en sautant au milieu des délibérateurs. Qu'est-ce qui le fera, voyons? je vais vous faire tirer au doigt mouillé.

— Non pas toi, dit Louis, tu triches toujours, et puis nous sommes trop pour le doigt mouillé; Léon, dis-nous : Une poule sur un mur.

— Volontiers.

Un cercle se forme; Léon, le bras étendu parcourut toutes ces joyeuses figures, passant de l'une à l'autre à chaque nouvelle syllabe du quatrain que tous les enfants connaissent :

Une poule sur un mur,
Qui picotait du pain dur,
　Picoti, picota,
Lève ta queue et puis t'en va
Par ce petit chemin-là.....

Le *là* redoutable s'arrêta à Adrien. Celui-ci, tout résigné, par extraordinaire, détacha sa cravate, et se la mit sur les yeux.

— Je parie deux sous qu'il y voit, ce tricheur d'Adrien, dit Prosper à Louis, tandis que l'un prenant le Colin-Maillard par le bras lui faisait subir les épreuves usitées.

— Combien y a-t-il de doigts levés? dit Léon les deux mains dans ses poches....

— Neuf, répondit Adrien.

— Va, tu n'es qu'un pauvre aveugle, répliqua Léon; as-tu ton couteau?

— Oui.

— As-tu la fourchette, ta cuillère?

— Eh bien! passe ton chemin, bon voyage! Et le poussant doucement, Léon alla rejoindre ses camarades, qui, tournant autour de Colin-Maillard, commencèrent à s'agiter autour de lui, le harcelant sans cesse, se plaçant à sa portée, puis lui échappant avec une pirouette, un mouvement d'épaules, le tirant par sa veste,

lui miaulant sous le nez, et toujours assez agi-
les pour ne point se laisser prendre.

Adrien suait à grosses gouttes, ne prenait
rien ; il était tout rouge sous sa cravate.

— Regarde donc, Anatole, disait Prosper, il
commence à se vexer, Adrien.

— Oh ! ça oui, qu'il est vexé, dit Louis, presque tout haut.

Adrien l'entendit : par un mouvement inaperçu, il releva le bandeau de manière à voir
à son aise, pour se choisir une victime. Il avait
gardé une rancune au pauvre Louis depuis le
jour où cet enfant, reconnaissant de l'obligeance
de Léon, l'avait mené à Franconi, et l'avait ré-
galé de si bonnes choses, cela au nez, à la barbe
de messire Adrien. Puis aussi il faut vous dire
que Léon et Adrien étaient les deux antagonis-
tes, aux études comme aux récréations. Aux
études, Adrien, rempli de mémoire, d'intelligence, ne travaillait que fort peu, et pourtant
réussissait presque toujours, et ne savait rien
que superficiellement. Léon avait trois fois
moins de succès qu'Adrien ; mais ce qu'il ap-
prenait une fois, il le savait bien, et le savait
réellement. Aux récréations, la même différence
de goût et de caractère se rencontrait entre ces
deux enfants. S'il y avait quelque mauvais tour
à faire, quelque bonne farce à jouer à un pion,
quelques denrées à détourner, quelque devoir,

quelque obligation à esquiver, Adrien était l'élu, le choix, l'idole des mauvaises têtes. Y avait-il un pauvre diable à défendre, un petit à consoler, une grâce à implorer, une fête, une surprise à ordonner dans le secret, Léon avait la priorité. Louis s'était déclaré hautement pour Léon, Adrien lui en voulait comme à un partisan ennemi ; puis le pauvre Léon avait eu le malheur récent de dire : — Oh ça, oui, qu'il est vexé, Adrien ! Vexé, c'est que c'est une expression bien humiliante au collége, vexé ! Plus tard vous saurez que pour un geste, une parole, les hommes se donnent la mort quelquefois ; messieurs les collégiens, lorsqu'on leur dit : Tu es vexé ! vous boxent d'importance et vous administrent le croc-en-jambes d'une manière admirable. M. Adrien était du nombre de ces aimables personnages. Il pirouetta quelque temps, tout en y voyant fort bien, au milieu des risées et du casse-cou perpétuels ; puis enfin il empoigna Louis, et, le serrant dans ses bras, promena l'une de ses mains sur ses habits, ses cheveux, sa figure ; et bien qu'on l'eût coiffé au bonnet de coton du cuisinier qui passait, Adrien, bien sûr de son fait, s'écria : C'est Louis !
— C'est moi qui le suis alors, dit l'enfant ; tiens, Léon, attache mon bandeau.

Et, peu de temps après, Louis s'évertuait, les bras tendus, à faire quelque prise : tout-à-coup il se sentit fortement pincé au bras.

— Je suis sûr que c'est ce méchant Adrien, se dit-il en reconnaissant sa manière de tousser. Il résolut de le poursuivre et de l'attraper.

C'était à cela que le rusé Adrien voulait en venir. Il y avait dans la cour un tonneau toujours plein d'eau destinée à arroser quelques plates-bandes qui, renfermées dans leurs bordures de bois, longeaient les murs du rez-de-chaussée.

Adrien se dirigea de ce côté, toujours en toussotant, et attendit, les bras étendus, debout devant le tonneau, l'infortuné Colin-Maillard.

— Je le tiens je le tiens! s'écria Louis. Au même instant Adrien sauta de tous côtés sans crier *casse-cou*, le méchant garçon; et Louis tomba dans le tonneau, se fit beaucoup de mal, et eut de l'eau par-dessus les oreilles.

Il n'y eut qu'un cri d'indignation contre Adrien : un maître arriva; le pauvre Louis fut retiré du tonneau dans un état à faire pitié; Adrien fut accusé d'une voix unanime..

— Ah bah! c'était pour rire, dit le vaurien; et puis ce n'est pas ma faute d'abord.

— Vous copierez trois cents vers, vous serez en retenue pour la première sortie, et privé de récréation cette semaine, dit le maître; rentrez.

— Je m'en moque pas mal! murmura Adrien
en hochant la tête et s'éloignant. Cette ga-
nache de pion, si je ne lui tourne pas une
omelette dans le genre, je veux être pendu!
Et il rentra dans la classe, en sifflant :

Il était un petit bonhomme
Tout habillé de gris,
Tirliri, etc.

Le soir, le pauvre Louis eut la fièvre; le
bain froid qu'il avait pris, bien malgré lui, dans
un moment où il était en pleine transpiration,
faillit le mettre en danger. Léon, toujours
aussi obligeant, vint passer presque toute la
récréation auprès du lit du pauvre malade,
lui racontant de belles histoires, lui montrant
des estampes, les lui expliquant avec une pa-
tience d'ange. Mais aussi, comme toujours, cet
aimable enfant ne tarda pas à recevoir la récompense d'une action qu'il ne faisait pourtant que pour sa propre satisfaction.

Louis se rétablit au bout de huit jours; comme on était à l'époque du congé accordé pour
les trois journées de juillet, madame Valéal, sa
mère, obtint de monsieur Sennerre que son
fils ainsi que le bon Léon viendraient ensemble passer une semaine à la campagne. Le sur-
plus de congé leur fut accordé d'autant mieux
que les maîtres, toujours plus enchantés de

Léon et des progrès que Louis avait faits depuis qu'il s'était placé sous l'égide de son ami, assurèrent qu'ils auraient bientôt regagné ces quelques jours par leur application.

IV

UNE PARTIE DE CAMPAGNE.

Six heures du matin venaient de sonner; l'air était frais pour la saison, la rosée brillait en petites perles suspendues à chaque feuille d'arbre, les haies d'aubépine et d'églantines qui bordent la montée de Sartrouville à Maisons répandaient de suaves parfums; on voyait mille joyeux oiseaux bourdonner, voleter, allant des buissons aux granges, des arbres aux toits verdis des petites chaumières semées le long de la route. Dans le lointain, des collines bleues, grises, roses, toutes vaporeuses, se groupaient, s'échelonnaient, retenant sur leurs pentes de verdure de jolies maisons aux toits plats, aux volets verts, riant de loin à l'œil comme des fleurs échappées du gazon; puis c'étaient des villages tout entiers, mis là comme des fourmilières; quelque vieille église au clocher aigu, à la tourelle grise; c'était l'un de ces tableaux où tout est joie, parfum, harmonie. Une petite carriole, menée par une jument, bondissait sur la route aux éclats de rire qui s'échappaient de dessous sa toile à raies bleues et animaient encore cette scène. C'étaient Louis, Léon et les petits Derbam, qui profitaient de la permission accordée lors des trois journées pour aller s'ébattre ensemble à la campagne de madame Valéal, située à Maisons, dans le parc de M. Lafitte.

— J'ai une faim d'enragé, dit Amédée Derbain comme ils étaient dans la propriété.

— Et moi aussi, ajouta Louis; mais je ne m'en inquiète guère, car nous voici arrivés, et je suis persuadé qu'un bon déjeuner nous attend là-bas. Il montra, en allongeant le bras, le petit pavillon chinois qui dominait les vertes feuillées du parc.

En effet, une demi-heure plus tard, assis devant un délicieux déjeuner, nos petits amis satisfaisaient, avec une grâce admirable, l'appétit excité par la route du matin. Puis Louis les mena dans le jardin, à la volière, leur montra ses livres d'estampes, ses filets, ses collections d'insectes et de papillons, les conduisit vers le petit bassin de la pelouse, où nageaient de jolis poissons rouges.

— Ce serait bien amusant de pêcher là, dit Amédée, en émiettant une brioche aux habitants du bassin.

— Oh! maman ne veut pas, reprit Louis; mais, si vous voulez pêcher, nous n'avons qu'à aller dans le parc, du côté de la rivière; là nous pourrons tendre des filets, attraper des oiseaux, des papillons, et nous nous amuserons bien, je vous assure.

La proposition fut unanimement accueillie. Marianne, la cuisinière, remplit un cabas de fruits, de pains mollets, de friandises; les enfants s'en chargèrent, ainsi que des filets, de l'échiquier, des boîtes à collections, et la petite caravane se dirigea vers la rivière, qui serpente, comme un ruban d'argent, dans les vertes prairies du parc. Quelques chèvres sautillaient éparses, des vaches indolentes ruminaient sous des peupliers; un petit moulin faisait entendre, non loin de là, son joyeux tic-tac, et des femmes qui lavaient, penchées sur l'eau, égayaient la scène, en chantant un refrain villageois, que reprenait par hasard le garçon meunier qui chargeait ses sacs sur le dos des mulets.

— Arrêtons-nous ici, dit Louis; qui veut être le pêcheur? — Moi, moi, répondit Amédée; c'est là mon fort, la pêche... — Qui sera l'oiseleur? toi, Henri. — Non, j'ai vu près de là de jolies petites fleurs que je ne connais pas, j'ai apporté mon herbier, et je vais les chercher.

— Et toi, Léon, que feras-tu? — Si tu veux me prêter ton filet à papillons, je grossirai ta collection autant qu'il me sera possible.

— Eh bien! alors, arrangez-vous; moi, je vais tendre les filets pour prendre des oiseaux, dit Louis; et il commença à planter ses piquets à distances égales, tandis qu'Amédée, assis sur une pierre blanche qui dominait un endroit de la rivière assez poissonneux, lançait son échiquier, que Henri moissonnait ses fleurs, et que Léon commençait la journée en prenant une marse posée sur un rosier sauvage.

Alors tous quatre, absorbés par ces graves occupations, restèrent quelque temps silencieux.

— Eh bien! ça va-t-il, Amédée? cria enfin Henri, tout fier d'une belle pariétaire et d'un pied de draves à pétales, blanc-satiné, qu'il venait d'ajouter à sa collection.

— Mais..... comme ci comme ça, répondit Amédée d'un ton qui n'était pas enthousiaste du tout.

— Il paraît que ça ne prend pas, demanda Léon.

— hO! ces poissons, c'est malin comme tout, répliqua Louis; j'ai vu Simon, le garde-chasse, rester là des quatre heures pour prendre seulement une poignée de fretin. Mais... chut ! taisez-vous donc, voilà un oiseau ! Ah ! j'ai pris un oiseau ! j'ai pris un oiseau !

— Une perdrix ou une bécasse ? demanda Henri, en accourant, ainsi que Léon.

— Oh ! ne te moque donc pas, Henri ; c'est toujours un commencement : c'est un rouge-gorge.

— Attention ! arrivez donc, vous autres, venez m'aider. Oh ! là, là, si vous ne m'aidez pas, c'est le poisson qui va me pêcher. Oh ! j'ai fait une fameuse prise !

Les trois enfants accoururent ; ils trouvèrent Amédée tout en nage, rouge d'espérance et de joie, tenant à grand'peine le manche de l'échiquier, qui, entraîné par un poids fort lourd, fonçait assez avant dans l'eau.

— Arrivez donc, lambins, continua Amédée ; je vois que c'est moi qui vais faire tous les frais du dîner ; c'est, pour le moins, une truite ou un brochet qui s'est laissé prendre.

Il faudra revenir tout de suite, pour que Marianne puisse l'apprêter pour ce soir ; qui sait ? c'est peut-être un saumon.

— C'est un chat mort !... s'écria Henri, en apercevant le premier l'objet roulé dans l'échiquier, et riant aux éclats.

— Tiens ! cette drôle de chose ! dit Louis.

— C'est une prise magnifique, ma foi, ajouta Henri ; rentrons vite, vite ; Marianne ne pourrait l'apprêter pour ce soir, et demain il ne serait plus assez frais, car il sent déjà.

— Faudra-t-il le mettre au bleu, ou en friture, ou au naturel ? demanda Léon.

— Bah ! bah ! vous êtes de mauvais plaisants l'un et l'autre, répliqua Amédée en se grattant l'oreille. D'abord, la pêche, ça m'ennuie, j'ai la mâchoire à moitié démontée à force d'avoir bâillé ; je n'en veux plus.

Et remontant avec ses camarades, il alla se mettre à califourchon sur un arbre débranché, vis-à-vis les filets tendus par Louis, et se mit à siffler des airs de serinette pour attirer le gibier, ou plutôt pour faire quelque chose.

Une alouette qui avait longtemps tournoyé au soleil, une petite linotte bien étourdie, ne tardèrent pas à s'engager dans les filets. Léon avait pris le grand bombyx, Henri était chargé d'un énorme bouquet de nimphæa, de convolvolus, de gui, de bourrache, de chiendent, de gustiane ; la chaleur devenait étouffante ; Amédée, toujours à califourchon sur son arbre, était rouge comme un coquelicot.

— Savez-vous que je vais être rôti tout à l'heure, que je suis plus enroué qu'un marchand de coco, et que je vais mourir sur place si nous n'allons nous mettre à l'ombre? dit Amédée en sautant à bas de son arbre.

— Et puis, vous devez avoir faim, dit Louis ; allons déjeuner.

Les papillons étendus sur le linge, les fleurs mises en presse, les oiseaux encagés, nos camarades allèrent s'asseoir dans un espace rond bien couvert : le cabas fut apporté, les provisions déposées avec symétrie sur l'herbe fine et touffue, et le tout fut attaqué si vigoureusement que bientôt il n'en resta plus de traces.

— Ah! ça, dit Louis, en se laissant aller sur le gazon, que faisons-nous de nos oiseaux?

— Pour moi, je suis d'avis de les plumer, de les mettre à la broche, entre deux bandes de lard, et nous nous lécherons les doigts après.

— Oh! ce serait dommage, fit observer Léon; 'ls sont si jolis!

— Belle raison, ma foi! nous les aurions passés dans une branche d'arbre, nous aurions allumé du feu, j'aurais soigné cela... comme Robinson dans son île, et nous aurions eu un fameux rôti!

— J'aimerais mieux les donner à maman pour les mettre avec ses serins, dit Louis.

— Ah bah! je te conseille de leur donner la clef des champs, reprit Henri; ils se battraient avec les serins; rôtis, nous n'en aurions pas une bouchée chacun; et puis, écoutez comme ils chantent : on dirait qu'ils vous demandent leur grâce.

— Ça me fait souvenir du roi de neige que nous avions fait cet hiver, et qui, ma foi! a sauvé la vie et la liberté à une douzaine de pierrots.

— Bah! un roi de neige? comment ça? demanda Léon. — Je vais vous le dire, répliqua Henri. — Et pendant ce temps-là, ajouta Amédée en s'étendant tout de son long, comme je n'aime pas les histoires, je me régalerai d'un petit somme. — Dors donc, paresseux; moi je vais vous dire ce qui en est, continua Henri. Et il commença.

V.

LE ROI DE NEIGE ET LES PETITS OISEAUX.

Vous savez comme il a fait froid l'hiver dernier; il y avait des tas de neige dans la cour du collège, on en avait par-dessus les chevilles; nous avions un froid de chien dans la cour et

au dortoir; l'eau gelait dans nos cuvettes, nous
ne savions comment tenir nos plumes, et j'ai
été jusqu'à me laisser dire que j'avais le nez et
le menton gelés. Un matin, il faisait soleil, on
nous lâche dans la cour; nous étions tous à
nous ennuyer, battant la semelle, et nous dé-
menant comme des enragés, ne sachant que
faire, tant nous avions froid. Voilà qu'Adolphe
se mit à dire : Faut que nous soyons fameuse-
ment jocrisses de rester là à nous regarder
comme des nigauds, pour voir à qui aura le nez
le plus rouge ! il faut faire une partie de neige.

— J'en suis! j'en suis! s'écrièrent quelques-
uns de nous.

Et nous voilà à pétrir la neige, à l'assembler
en tas, à la rouler, la tailler, et au bout du
compte nous en tirons un roi de neige, mais
superbe; il avait l'air d'un Jupiter, sur son bloc
tout blanc, ou plutôt d'un roi de pique, comme
disait Anatole. L'embarrassant, c'étaient les ac-
cessoires de sa toilette. Adolphe, Anatole et
moi, nous sommes les élus chippeurs, et nous
allons battre la campagne, chacun de notre
côté, pour notre monarque glacé. Anatole va
dans la salle d'études; tout justement il y trouve
M. Godeau, le professeur de dessin, qui corri-
geait une tête d'Hercule, et qui avait tellement
le nez près de son crayon et de son papier qu'il
ne se sentit pas enlever sa perruque.　3

Adolphe, sous prétexte de demander son mouchoir de rechange, parce qu'il était enrhumé du cerveau, monte chez madame Marret, la lingère ; il lui fait trente-six singeries, la cajole, et, pendant qu'elle ôte ses papillotes, lui enlève son pot de fard et un fromage de Hollande tout entier.

Pendant ce temps-là, j'avais été chipper des pruneaux à l'office, décrocher la garniture de la lampe du vestibule, empoigner la baguette du tableau, et tous trois nous nous retrouvons près du roi de neige. Nous démêlons la queue à trois marteaux de notre perruque, et nous la plaçons sur la tête de notre Jupiter ; dans l'une de ses mains, nous mettons le fromage de Hollande (c'était le globe censé) ; dans l'autre, la baguette en guise de sceptre ; un charbon lui fournit des sourcils, des moustaches, et deux pruneaux enfoncés lui font une paire d'yeux noirs bien furibonds ; puis, avec le fard, nous colorons légèrement ses mains, son cou, sa figure, et nous vidons le pot sur ses joues et ses lèvres. Le cercle de la lampe, posé sur la perruque, en magnifique diadème, achève sa toilette. — Ah ! c'est que c'était un roi de neige soigné ; nous en étions tout fiers, et nous ne songions plus à grelotter. Voilà qu'un petit garçon arrive dans la cour, avec sa cage pleine de pierrots, et il les faisait danser là-dedans, sapristie! si ça avait été aussi bien des œufs, l'omelette aurait été joliment battue.

— Qui veut des moineaux? qui veut des moineaux? A deux sous la pièce les moineaux! criait le gamin.

— Arrive, que nous voyons ça, lui dit Anatole. L'autre approche sa cage; c'était une pitié de voir comme ces pauvres bêtes étaient arrangées là-dedans.

Nous les achetons tous; et le gamin s'en retourne bien content, en nous laissant sa cage par dessus le marché.

Nous les sortons pour les voir. Paf! voilàt-il pas que les moineaux nous échappent, et vont se nicher justement sur la tête, les épaules, les bras de notre Jupiter; et nous avions beau tourner, retourner autour, ils ne se laissaient pas prendre, les enragés malins! Tantôt ils s'abattaient sur le fromage de Hollande ou bien au bout du sceptre. Malgré notre promenade autour du monarque, ils ne s'effrayaient pas, et ne faisaient que voltiger de sa tête à son spectre, et de celui-ci à la boule qui représentait le monde.

Adolphe, qui aime à faire son pédant parfois, nous contait un tas de bêtises là-dessus. Il disait que c'étaient les Ganimèdes de notre Jupiter, qu'il ne fallait pas y toucher; que ces oiseaux s'étaient placés sous la protection du maître de la foudre, de peur que le dieu ne nous jetât son fromage de Hollande à la tête. Et comme nous avions pitié des pauvres pierrots, nous leur donnâmes la clef des champs. M. Féron se promenait par-ci par-là, regardant du coin de l'œil ce que nous allions faire ; il fut très content que nous eussions donné la liberté aux petits oiseaux ; il était à nous complimenter sur notre bon cœur, lorsque voilà M. Godeau qui arrive, la tête enfoncée dans son bonnet de soie noire, criant après sa perruque ; et, comme il avait ses lunettes, il la reconnut du perron sur les épaules du maître du tonnerre. Jugez de sa fureur.

— Messieurs, disait-il, c'est indigne, ça n'a pas de nom... ma perruque ! du moins, les polissons, s'ils n'avaient pas défait la queue, une queue à trois marteaux ! Où est mon ruban, un ruban chocolat messieurs ! qui faisait rosette ; ah ! qui me refusera ma queue à trois marteaux et ma rosette !

Comme il se lamentait et nous menaçait, arrive d'un autre côté madame Marret, la lingère, qui voulait entamer son fromage de Hollande, et qui n'avait plus trouvé son pot de fard ; elle vit son pot vide.

— Ah ! les garnements ! a-t-on jamais vu une chose semblable, M. Féron ? ces messieurs sont d'une licence !... c'est épouvantable ! du vrai

carmin, M. Féron, que j'avais acheté par hasard, l'autre jour, pour un de mes amis : et
mon fromage!... mangez donc cela, à présent
que ces messieurs l'ont tripoté!....... Monsieur,
Monsieur, il faut punir sévèrement ces jeunes
gens, sans ça les employés de l'établissement
se trouveront exposés à des événements désa-
gréables tous les jours.

— Je punirais volontiers; mais j'ai été content de ces messieurs tout à l'heure; je voulais
les récompenser pour la pitié qu'ils ont mon-
trée à de pauvres oiseaux : ils n'auront ni châtiment ni récompense; il y aura compensation.
Là-dessus on parla des oiseaux; monsieur Godeau, à moitié apaisé, se dérida tout-à-fait lorsque la gracieuse madame Marret lui proposa
de rajuster sa perruque, et de faire une rosette
avec un ruban puce dont l'effet serait préféra-
ble au ruban chocolat. Elle emporta son fromage, jeta un dernier regard sur son fard qui
tapissait les joues du roi de neige, et comme la
rentrée sonna en ce moment, nous reprîmes le
chemin de nos classes.

— Je vais en faire autant que vous, dit Louis
en ouvrant la porte de la cage ; et il mit en liberté les trois petits oiseaux, qui, par reconnaissance, allèrent se placer sur un rameau
voisin, et de là les régalèrent d'un charmant
trio.

VI

LES SAUVAGES, LES ENFANTS ET LE BUCHERON.

Eh bien! que nous apportez-vous pour le dîner, messieurs? dit Marianne en ouvrant la grille aux petits promeneurs qui s'en revenaient tout enchantés de leur journée.

— Ma foi, pas grand'chose, répliqua Louis : Amélée a pêché un chat mort, j'ai attrapé trois petits oiseaux que nous avons lâchés; seulement, si quelqu'un est malade, Henri a ramassé assez de chiendent pour lui faire de la tisane.

— Monsieur a donc bien fait d'aller à la chasse aujourd'hui, et de nous rapporter trois beaux faisans; si l'on avait compté sur vous, on aurait bien pu dîner par cœur.

— Des faisans! Marianne, oh! tu nous donneras les plumes, nous nous déguiserons en sauvages.

— Dame! j' m'y oppose pas, moi, pourvu que vous alliez faire vot' gâchis aut' part que dans ma cuisine.

Après le dîner, madame Valéal, à la prière de son fils, attacha donc les plumes des faisans après deux petites jaquettes, en garnit deux rubans, et, cela fait, Louis et Amédée allèrent s'enfermer dans un cabinet pour procéder à leur toilette d'Iroquois.

Peu de temps après ils reparurent, les cheveux relevés en toupet sur la tête, la figure rougie avec de la craie, le front, les joues, les bras bizarrement tatoués avec du bouchon brûlé, leurs têtes couronnées de diadèmes de plumes, les petites jaquettes attachées autour de leur ceinture, deux gourdins à la main en guise de massue, les poignets, le cou, les chevilles enlacés de baies de cormier enfilées.

Après avoir fait mille gambades, grimaces, et autres choses de ce genre, au grand plaisir de Léon et d'Henri, les deux petits fous s'élancèrent en courant dans la forêt, et ne s'arrêtèrent qu'auprès d'un bûcheron occupé à abattre les arbres déjà vieux, afin de faire place aux jeunes plants qui demandaient plus d'espace.

Le bonhomme les regardait tout ébahi, en examinant leur singulier accoutrement, lorsque M. Valéal survint en toute hâte, accompagné de Léon et d'Henri. Il avait été envoyé par madame Valéal, fort inquiète des suites qui pouvaient résulter de l'étourderie des deux sauvages, qui couraient risque de gagner une fluxion de poitrine en sautillant ainsi, à demi vêtus, par la rosée qui commençait à tomber.

Comme ils revenaient, Louis demanda à son père pourquoi les bûcherons coupaient les arbres, détruisant ainsi la principale beauté des campagnes.

— Si tu avais un peu réfléchi, répondit M. Valéal, tu ne me ferais pas cette demande, mor pauvre Louis. Où prendrions-nous les charpentes qui supportent nos demeures, les bois qui servent à nous chauffer, qui se transforment en meubles, en mâts? où aurions-nous bâti nos maisons, placé nos moissons? Le bûcheron qui travaille dans une forêt indique suffisamment un pays civilisé; s'il manquait dans nos contrées, nous serions aussi barbares que ces sauvages qu'il vous a pris fantaisie d'imiter. La nature est belle, mes enfants; mais la civilisation, l'industrie, ont quelque chose de plus beau encore, parce qu'elles décèlent le plus magnifique don que Dieu ait donné à sa créature en lui dispensant l'intelligence, qui lui fait créer pour lui-même tout ce que la nature offre à ses besoins et à ses plaisirs, comme vous voyez le statuaire tailler le bloc de marbre jusqu'à ce qu'il en ait fait surgir la statue.

Ils arrivaient alors devant la maison; Louis commençait à tousser : sa mère craignant les suites de cette sortie imprudente, fit coucher les deux sauvages dans des lits bien bassinés, leur fit boire à chacun un bol de lait chaud, bien sucré; et ainsi se termina la journée pour nos petits collégiens.

VII

LE PAUVRE HOMME.

Les huit jours de congé s'étaient écoulés aussi joyeusement que celui dont je vous ai parlé. Le lendemain, à six heures, la carriole qui avait conduit nos amis devait les ramener à Paris : les petits Derbain au collége Charlemagne; Louis et Léon dans leur pensionnat, rue de Clichy. On venait de sortir de table : après avoir soupiré, s'être gratté l'oreille et le front, et avoir été souffler sur les carreaux et y dessiner un Mayeux avec le bout de ses doigts, Louis se mit à câliner sa mère.

— Dis donc, maman, c'est demain que nous partons, dit-il en manière d'introduction.

— Eh bien! n'avez-vous pas eu huit jours de congé; après les jeux, le travail, mes enfants.

— Oui; mais pour notre dernier soir, tu devrais nous permettre quelque chose.

— Voyons, que voulez-vous?

— Alors, bonne petite maman, laisse-nous faire un beau feu d'artifice, là, sur la pelouse, et je travaillerai bien, oh! mais joliment bien; tu verras...

— J'y consentirais volontiers; mais vous pouvez vous faire grand mal avec tous vos pétards; c'est fort dangereux.

— Oh! non, maman, non, dit Louis en joignant les mains; si tu veux, Simon nous les fera partir.

— A cette condition, j'y consens. Et madame de Valéal prit trois francs dans son sac et les donna à Louis, lui permettant d'aller, avec ses camarades, acheter des fusées, des soleils, des chandelles romaines, etc., et lui recommanda de ne pas s'arrêter en route, car le jour finissait, et pour faire l'acquisition désirée il fallait aller jusqu'au village.

Les enfants s'éloignèrent donc en courant, gagèrent un sucre d'orge à celui qui serait le plus tôt arrivé à la porte du parc; puis, comme la brume arrivait, ils se rapprochèrent, se prirent sous le bras, et marchèrent posément en s'entretenant entre eux.

— Savez-vous qu'il fait déjà bien nuit, dit Louis en plongeant ses regards dans une allée couverte et serrant le bras d'Amédée ; je ne voudrais pas aller me fourrer là-dedans à cette heure-ci.

— Bah ! est-ce que tu aurais peur, par hasard ? répondit Amédée en renfonçant sa casquette dans ses yeux et se donnant un air déterminé.

— Non ; mais c'est si désert, c'est si noir, ça vous fait un drôle d'effet.

— Ah ! mon Dieu ! continua Louis en pâlissant, entendez-vous ?

— C'est vrai, tout de même, il y a quelqu'un qui se plaint là-bas.

— Allons à la découverte, dit Amédée ; allons, en avant, marche !

— C'est peut-être un voleur, observa Louis ; et ses dents claquaient déjà comme une paire de castagnettes.

— Dites donc, ce pauvre Louis est-il capon ! Je suis persuadé que c'est quelqu'un qui est malade, ou qui s'est blessé en tombant.

Louis n'osa plus rien dire, et suivit ses camarades qui s'enfonçaient dans la sombre allée. Ils ne tardèrent pas à apercevoir une masse noire roulée dans un fossé, et d'où venaient en effet des gémissements sourds et plaintifs.

— Allons-nous-en, dit Louis, suant à grosses gouttes, Simon reviendra avec nous.

Amédée était déjà sur le bord du fossé.

— Holà ! cria-t-il, qui est là ? qu'avez-vous?

Un gémissement plus prolongé fut la seule réponse. Louis se recommandait à tous les saints du paradis; Amédée commença à se gratter l'oreille et à regarder autour de lui.

— C'est cocasse, ça, tout de même, fit-il à demi-voix; puis il ajouta plus haut : Répondez donc, que diable ! avez-vous besoin de quelque chose? pourquoi restez-vous couché là? il est déjà tard.

— Laissez-moi, je suis un malheureux, prononça enfin une voix rude et sourde qui répandit un frisson convulsif dans les membres du pauvre Louis, qui voyait déjà tout tourner autour de lui. Léon s'avança à son tour.

— Si vous avez besoin de secours, parlez; nous irons vous en chercher; peut-être avez-vous faim; peut-être souffrez-vous? dites : il y a des personnes charitables dans le voisinage, elles s'empresseront de vous secourir.

La masse noire s'agita; Louis se croyait déjà perdu; enfin il se rassura un peu, en voyant un homme s'asseoir sur le bord du fossé, sans apparence d'hostilité.

— Personne n'a eu pitié du malheureux! dit-il en regardant Léon; encore si ce n'était que moi! mais j'ai des enfants; mes pauvres enfants, ma pauvre femme, que vont-ils devenir sans moi!

— Pourquoi les avoir laissés, observa Léon ; pourquoi rester à cette heure dans cette allée écartée ?

— Ah ! pourquoi ? Je suis un pauvre journalier qui me suis blessé, il y a trois mois ; il m'est resté une douleur dans le bras et une faiblesse dans les jambes qui m'ont rendu plus lent au travail : personne n'a plus voulu m'employer, nous sommes tombés dans la plus affreuse misère ; voilà deux jours que ma famille n'a pas mangé un seul morceau de pain ; mes enfants mouraient de faim. Je n'ai pu tenir à cet horrible dénûment, je suis sorti, j'ai été demander l'aumône de porte en porte ; partout, en me voyant fort en apparence, on m'a dit : Travaillez, on ne m'a rien donné. Désespéré, je me suis couché dans ce fossé, résolu d'y attendre la mort, n'osant plus retourner vers ma malheureuse famille.

— Allez les retrouver bien vite, dit Louis, en s'approchant tout-à-fait ; voici trois francs : demain, venez chez madame Valéal, à la grande pelouse ; là vous serez secouru. Puis, se tournant vers ses camarades, le bon enfant leur dit : Ma foi, Messieurs, le feu d'artifice sera pour une autre fois.

— Ah ! de grand cœur, répondirent les trois amis. — Dieu vous bénisse, dit le pauvre homme en se levant, vous aurez sauvé la vie à quatre infortunés; ce soir....

— Allons, Messieurs, me voilà prêt à vous servir d'artificier, dit Simon, en voyant arriver nos petits collégiens qui s'en retournaient le cœur aussi léger que les poches. Où sont vos fusées?

—Ah! ma foi, répliqua Louis, elles sont chez le marchand; il était trop tard, nous n'avons pu aller jusqu'au village.

— Et où avez-vous passé tout ce temps? demanda madame Valéal en s'approchant. Elle vit les petits garçons un peu embarrassés; elle les pressa de questions, et ne tarda pas à savoir la vérité. Elle embrassa son Louis bien tendrement; une larme tomba de ses yeux sur le front de l'enfant; elle loua le courage d'Amédée, la circonspection de Léon, et leur dit :

— Ceci ne restera pas sans récompense, mes enfants; nous voici bientôt aux vacances, vous serez réunis de nouveau, et vous aurez des preuves qu'une bonne action, un sacrifice, si léger qu'il soit, amène toujours un plus grand contentement que celui dont nous nous étions volontairement privés.

VIII

LA MARCHANDE DE GATEAUX DE NANTERRE ET DE CHAUSSONS AUX POMMES.

LES concours approchaient, les congés devenaient rares; Louis et Léon, rentrés depuis quelques jours, ne songeaient qu'à leurs compositions. Il n'en était pas de même de tous les écoliers : beaucoup, et entre autres notre ancienne connaissance, le bon sujet M. Adrien, se plaignaient vivement de l'interruption des promenades. Enfin, un jeudi soir, par un beau soleil couchant qui jetait ses rayons pourpres à travers la feuillée menue des peupliers de la cour, M. Sennerre accorda le reste de la soirée à une promenade. Ce soir-là justement M. Adrien faisait assez piteuse mine, disant qu'il avait une faim canine, et se donnait à tous les diables. M. Adrien se permettait des expressions fort peu convenables. *Cette maudite pension*, disait-il, *où l'on vous flanque de la vache enragée à tous les dîners, de la salade pleine de*

*vers, des légumes à moitié rongés, de la soupe en
caillou, quand la quitterai-je donc?* Et chaque
jeudi soir, au souper, s'il vous en souvient, in-
variablement composé d'un plat de lentilles et
d'une soi-disant compote de pruneaux, il re-
commençait sa kyrielle. Ce jour-là, par surcroît
d'infortune, les lentilles avaient été remplacées
par un plat de macaroni au fromage, exécra-
tion première du pauvre Adrien. A cet aspect
hideux, non-seulement l'infortuné trépigna,
retourna son assiette, mais encore toussa et
éternua, se boucha le nez, eut des vapeurs,
pour ainsi dire, tant son odorat était d'une
susceptibilité sans égale. Aussi était-il arrivé
au milieu de la cour dans un état d'exaspéra-
tion qui ne connaissait plus de bornes.

— C'est infâme, disait-il, c'est bête, ça n'a
pas de nom! du macaroni et des pruneaux!
plus souvent que je resterai dans cette baraque de pension; du macaroni... pouah! ce
gruyère, ça empeste, ça tourne le cœur, et des
pruneaux après, est-ce dégoûtant! pour vous
rendre malade; on est toujours en voyage. Les
malins! c'est pour nous mettre à la diète, à la
tisane... sans sirop, bien entendu. Du macaroni
et des pruneaux! Epicier, va! attends, attends
que j'y goûte : mais gare le raisiné de l'office,
et les œufs du poulailler, et les pigeons, et le
beurre!...

Et obéissant à cette maligne inspiration, il avait couru au poulailler, où il ne trouva qu'un œuf qu'il empocha sans scrupule, le méchant garçon! puis il alla rôder autour de l'office, mais la porte en était fermée à double tour. Comme il regardait par le trou de la serrure, le cuisinier le surprit; alors il se rangea contre la muraille, et cette action fut tellement heurtée que l'œuf, l'œuf unique, s'écrasa dans la poche de son pantalon gris-perle à petits carreaux, et la tachette l'englua d'une manière désespérante.

—Avec tout ça, c'est que je meurs de faim, disait-il en revenant dans la cour, grinçant les dents, se rongeant les poings; et, pour passer sa colère sur quelqu'un ou quelque chose, il marcha sur la queue de Fidèle, innocent caniche qui rongeait un os dans le milieu de la cour; puis d'un coup de pied fit dégringoler du perron le chat favori de madame Sennerre, voluptueusement enfoncé dans une corbeille pleine d'écheveaux de laine. Et il riait en voyant le tout s'en aller roulant dans le perron à la grâce de Dieu, lorsqu'on annonça la promenade aux Champs-Elysées.

— Tant mieux, ma foi, s'écria Adrien, en descendant l'escalier en trois sauts; je pourrai acheter du pain d'épices, je boirai du coco; ça me refera un peu, toujours. Avec leur macaroni et leurs pruneaux... drogue, va

Un quart d'heure après, les écoliers rompaient leurs rangs dans la grande allée des Champs-Elysées, Adrien était radieux; c'est qu'il avait eu, pendant le trajet, une idée lumineuse, sublime, resplendissante. Moins riche que le Juif errant, n'ayant que trois sous dans sa poche, Adrien avait d'abord mesuré par la pensée l'épaisseur, la longueur, la consistance des croquets, croquants, girafes, Mayeux, bonshommes, cœurs de pain d'épices, macarons à tirer à la rouge et à la noire; mais le tout comparé avec sa bourse, puis avec son appétit, lui avait semblé de bien chétive consistance. Tout-à-coup il tressaillit devant une inspiration soudaine, et se frappa le front.

— Un chausson aux pommes! dit-il tout haut.

Il n'avait pas encore goûté de chausson aux pommes, voyez-vous, peut-être par un effet de la fatalité qui aime à cumuler les désastres, et il marchait d'un bon pas avec Oscar, Anglais venu depuis peu au pensionnat, vers l'échoppe branlante d'une marchande de gâteaux de Nanterre, de pain d'épices, de chaussons, etc., et il allait, se leurrant d'espoir, se léchant les lèvres, à ce chausson idéal qu'il se figurait plus délicat qu'une tartelette à la façon de Félix.

— Oscar as-tu quelquefois goûté des chaus-

sons? demandait-il à l'insulaire, tant il était
plein de son idée.

— Oh! oui... en Angleterre je servais moi de
cela, parce que je avais beaucoup, beaucoup
de cors; mais je n'en porterai plus maintenant.

— Ah! est-il godiche, le goddem! ce n'est
pas un chausson pour mettre en pantoufle, c'est
un chausson qu'on mange, Englishman; un gâteau reployé, plein de bonnes compotes de
pommes, gros comme mes deux poings; et ça
ne coûte qu'un sou, cinq centimes, et c'est
fièrement bon; puis un sou, rien qu'un sou!

— Cela n'être pas fort cher, reprit l'Anglais
toujours impassibble.

— Mais c'est pour rien, mon cher; et d'un
élan Adrien se trouva devant l'étalage de la
marchande.

— Avez-vous des chaussons, Madame? La
marchande sourit d'un sourire infernal.

— Oui, mon petit chéri.

— Sont-ils tendres?

— Tâtez-moi ça, mon cœur, et vous m'en
direz des nouvelles; y sortent du four, y sont
tièdes, quoi!

— Donnez-m'en deux, dit Adrien, choisissant
de l'œil et passant la main dans ses cheveux,
séparés à la Périnet le Clerc, bercé d'un espoir
toujours enivrant depuis qu'il avait reconnu au
toucher cette chaleur défaillante, oubliant.

l'infortuné, que c'était au soleil brûlant, au soleil de juillet, que le comestible devait cette décevante tiédeur; et peu après il s'en allait sautillant, ses chaussons dans les mains ; puis, comme il mourait de soif, avant de donner le premier coup de dent, il fit signe à un marchand de coco, qui allait faisant clocheter sa fontaine et ses timbales, avala deux grands verres de tisane, donna son dernier sou, et fut s'asseoir sur un banc de pierre pour savourer plus posément, plus suavement, les mystérieux chaussons. Il les porta à sa bouche, et tout d'abord se trouva arrêté par une pâte dure plus que croquante. Ouais, dit-il, c'est drôle; puis il enfonça plus avant : ses dents se rejoignirent.

— Horreur! s'écria-t-il, horreur! et il se leva, les cheveux hérissés, cracha ce qu'il avait dans la bouche.

Illusion des illusions! amère déception! ce chausson, savez-vous, pouvez-vous imaginer ce qui comblait ces deux couches de pâte rissolées, durcies au soleil et à la poussière; savez-vous?

C'étaient des haricots et des pommes de terre, le tout artistement mélangé...

— Des haricots, des pommes terre : c'est donc un sort! s'écria Adrien désespéré; et les chaussons roulèrent au loin dans un tas de poussière.

— Cela être bien mauvais, ton chausson, dit le flegmatique Oscar; et il se consolait en mordant de tout cœur dans un gâteau de Nanterre.

— Ceci être beaucoup meilleur, continua-t-il; va donc, la marchande s'en va.

Adrien releva la tête, saisi d'une idée soudaine.

— La même, demanda-t-il, la femme aux chaussons?

— Oui, elle-même, je pense; tiens, la voilà.

Elle s'avançait en effet, sa marchandise rassemblée dans deux paniers qu'elle tenait au bras.

Adrien, furibond, fit voler du pied, avec des flots de poussière, les deux chaussons qui gisaient à terre.

— Tenez, les voilà, vos chaussons, trompeuse! s'écria-t-il; rendez-moi mon argent.

— Plaît-il, mon chérubin, que voulez-vous? clama d'une voix aigre la marchande de gâteaux.

— Qu'est-ce que je veux! est-ce que je voulais acheter un chausson aux haricots, vieille horreur! rends-moi mon argent, ou des gâteaux de Nanterre.

— Qu'est-ce qu'il a donc le petit? demanda la marchande infernale à Oscar; et elle s'éloigna en roucoulant :

« Gâteaux de Nanterre ! gâteaux de Nanterre.»

— C'est pas trop fort, dit Adrien ; et il courut après la marchande, lui prit l'anse de son panier.

— Oh ça ! voulez-vous me rendre mon argent, vieille sorcière, ou je me le rendrai en espèces ? Et il se saisit d'un gros morceau de pain d'épices. La marchande ne répondit pas.

— Attrape, petit, dit-elle en lui appliquant un soufflet retentissant. Et, arrachant le morceau de pain d'épices de ses mains, elle s'éloigna.

Adrien était resté muet d'horreur, de colère la joue brûlante.

— M. Adrien, à quoi pensez-vous donc ? je vous appelle depuis un quart-d'heure pour partir ; vous serez en retenue demain.

Il écumait, Adrien ; il menaça du poing la marchande, qui roucoulait toujours ses gâteaux de Nanterre, et s'en alla, entraîné par le maître.

— Oh ! je la lui garde bonne, disait-il, furieux, en rentrant ; mais c'est que je meurs de faim, observait-il en se couchant.

— Je le crois bien, dit Léon, dont le lit touchait à celui du pauvre affamé, tu as si mal soupé ce soir ; mais j'ai un pot de confitures dans ma baraque ; voilà un morceau de pain tendre que Clément m'a donné : tiens, restaure-toi un peu.

Adrien se sentit humilié; puis, touché de la bonté de Léon, contre lequel il se déclarait toujours, il le remercia avec effusion; il eut comme un reproche de sa conduite passée, et forma quelques projets de réforme pour l'avenir.

Léon, lui, s'endormit calme, satisfait, rêva de sa mère et de la distribution des prix.

IX

LA MOISSON.

« Mon Dieu, cela se trouve bien mal, mon pauvre Léon, vous allez manquer la composition; votre père ne peut être dangereusement malade : si vous attendiez seulement jusqu'à demain.

— Oh! non, Monsieur, je veux partir tout de suite; cette composition manquée me cause les plus grands regrets; mais mon père avant tout. Léon essuya une larme qui roulait sur sa joue, serra la main du maître, et partit avec le domestique.

Ce jour-là on fit la composition; chacun

remarqua avec surprise qu'Adrien ne laissait pas éclater cette joie jalouse, cette mauvaise joie de rivalité entre les écoliers qui lui était si ordinaire; il travailla à sa composition sans dire un seul mot, sans lever la tête, avec une vivacité extraordinaire. Lorsque le sous-maître, à l'heure donnée pour la clôture du temps accordé, fit le tour des tables pour recueillir les compositions, il n'avait pas encore fini tout-à-fait; il le pria de continuer sa tournée; et en effet, lorsque le maître arriva à l'autre bout de la table, il alla glisser dans le paquet deux feuilles de papier repliées; personne ne s'en aperçut du reste.

Léon ne revint pas le soir, le lendemain non plus; le surlendemain son absence se prolongeait encore.

— Messieurs, à demain la composition d'histoire; préparez-vous ce matin; cet après-midi vous est accordé pour une promenade, dit le maître.

— Ce pauvre Léon! soupira Louis de sa place. Et l'on répéta à mi-voix dans les rangs :

— Ce pauvre Léon! c'est là son fort.

— Il viendra peut-être ce soir. Oh! mais il n'aura pas le temps de se préparer... Telles étaient les paroles qui circulaient à voix basse.

La classe du matin fut donc accordée aux préparations; puis, la cloche du dîner s'étant

fait entendre, les écoliers se rendirent au réfectoire. — Je ne mangerai pas, Monsieur, je me
sens malade, dit Adrien, je vous demanderai
d'aller me coucher... Allez, répondit le maître;
puis il jeta un regard soupçonneux, et ajouta
en lui-même : Oh! non, toutes les histoires
sont serrées, les classes fermées, il ne pourrait
avoir recours à aucun livre, à aucun cahier, si
l'envie lui en prenait.

Vous voyez qu'on n'avait pas grande confiance
en M. Adrien, car le sujet de la composition
avait été donné.

Peu après les élèves partirent, défilant deux
à deux, et ne tardèrent pas à arriver dans la
campagne. Rien n'était plus joyeux et plus
animé que l'endroit où ils se rendirent. Ce jour-
là avait été désigné pour la moisson. De tous
côtés on n'entendait que les chants joyeux, les
bruyantes acclamations des villageois. Çà et
là, parmi les blés qui s'amoncelaient en meu-
les, qui roulaient sous la faucille, on voyait
errer des chapeaux de paille couronnés de
bluets, de pavots, des blouses bleues, des jupons rouges, de riants visages de jeunes filles,
des figures joviales et rebondies de paysans.
Les écoliers se mêlèrent aux moissonneurs, et
se firent un plaisir de se prêter à leurs travaux
autant qu'ils le purent : ainsi les uns portaient
les gerbes à la meule, les autres diaient les

1

épis, le tout maladroitement d'abord, puis un
peu mieux, puis bien. Le soleil commençait à
s'élever, la fermière qui présidait à la récolte
de son champ le remarqua, et engagea les moissonneurs à aller prendre leur repas à l'ombre
de quelques arbres; puis elle fit aux écoliers
l'offre toute gracieuse de boire du lait chaud,
et d'aller glaner dans ses groseillers, qu'on
n'avait pas entièrement dépouillés, en les re-
merciant de l'aide qu'ils avaient apportée; et
l'offre fut acceptée de grand cœur, le lait trouvé
délicieux, et les groseilles de même. Enfin
l'heure du retour sonna; on fit de grands adieux
à la fermière et aux petits moissonneurs, et
bientôt on se retrouva devant la porte du pensionnat.

— Ah! voici Léon, s'écria Louis en apercevant son ami qui, montant la rue de Clichy, ne
tarda pas à les joindre. — Te voilà, Léon, tu
arrives pour la composition d'histoire : ah!
tant mieux; c'est ce soir.

— Ce soir la composition d'histoire, dis-tu?
Mon Dieu, moi qui ne l'ai pas revue, qui ne suis
pas préparé!

Adrien descendit et se leva pour venir com-
poser; il fut un peu plus distrait que la veille,
et sa composition se trouva la première ache-
vée. Léon, lui, était tout chagrin, il se frappait
le front, mais ne se souvenait pas. Enfin, un

coup de sonnette annonça le relevé des cahiers : le canif de Léon tomba par terre ; pendant que celui-ci se baissait pour le ramasser,
Adrien, placé à ses côtés, prit lestement la composition de Léon, repliée dans une page blanche sur son pupitre, et substitua un autre papier
de même forme, mais contenant plus de feuilles ; lorsque Léon releva la tête, le maître était
à ses côtés.

— Votre composition, Léon.

— La voici, Monsieur, je n'ai plus qu'à écrire
mon nom. Il l'écrivit sur la couverture, puis
remit le cahier au maître en soupirant.

A quelques jours de là, c'était la distribution
des prix : je n'essaierai pas de décrire les es-
pérances, les craintes, la grande salle encom-
brée de parents, les élèves rangés sur les gradins,
les couronnes, la musique alternant l'appel solen-
nel des heureux écoliers, des bons travailleurs
de l'année. Les premiers prix annuels avaient
été partagés entre Léon et Adrien ; mais toutes
les angoisses de l'attente se réveillèrent lorsqu'on commença à proclamer les prix de composition. Lorsqu'on en vint au prix de version,
Léon baissa la tête. Quel fut son étonnement
de s'entendre appeler ! il crut qu'on s'était trompé ; mais on répéta son nom de nouveau, et il
n'était pas encore revenu à sa place que le prix
d'histoire lui était décerné. En levant les yeux,

il aperçut Adrien radieux; cela lui fit tout deviner :

« Ce pauvre Adrien, pensait-il; je ne puis pas
» laisser passer cela. » La distribution terminée, il le chercha, mais il était déjà parti.

X

LES VENDANGES.

ENFIN les vacances étant venues, les vacances, repos de l'écolier, joie de l'écolier, espoir de l'écolier, parole qui frappe à tout instant les murs du pensionnat, époque resplendissante, annoncée trois mois à l'avance par les chansons un peu burlesques des collégiens.

> Eh ! gai, gai, gai, mon officier,
> C'est bientôt les vacances;
> Eh ! gai, gai, gai, mon officier,
> Bientôt je partirai, etc.

Nos petits amis, qui s'étaient séparés à Maisons, se trouvaient réunis de nouveau. Cette fois ce fut chez le père de Léon, à Marly, que Louis et les petits Derbain vinrent se réjouir.

s'ébattre pour leur temps de joie et de liberté ;
la pêche, la chasse, les courses lointaines, les
dîners aux châtaigniers, dans le parc, tout
avait été épuisé. Un matin, ils se réveillèrent
au son mat du tambour, mêlé à la mélodie gla-
pissante de la flûte ; Léon arriva tout essoufflé
dans leur chambre.

—Allons, debout, paresseux ! nous allons
vendanger aujourd'hui ; n'entendez-vous pas
l'appel ? Tenez, voici trois blouses qu'il vous
faut endosser ; nous avons des paniers en bas ;
allons vite, les vendangeurs partiraient sans
nous.

La toilette se fit bientôt, ainsi que vous le pouvez penser, et une heure après nos collégiens
entraient dans la vigne, au milieu des chants
joyeux, des éclats de rire, des gronderies des
mères qui essuyaient les fronts baignés de
sueur des petits fous. La vendange commença :
les uns cueillaient le raisin, mais en man-
geaient encore plus ; toujours la grappe se
trouvait trop belle, il était dommage de la jeter
au pressoir ; Louis surtout ne faisait qu'égrai-
ner, si bien qu'on chargea ses épaules d'une
hotte, afin de le délivrer d'un scrupule qui aurait fini par lui donner une indigestion, et on
lui fit porter le raisin à la masse.

A midi on se retira sous un hangar ; un repas
délicieux, quoique frugal, les attendait là :

c'étaient de la galette, des tartes aux fruits, apprêtées par les ménagères, des omelettes au lard, un agneau rôti tout entier, des crèmes, des fruits revêtus de leur fleur, du vin doux. Lorsqu'on se leva de table, on retourna aux travaux, à la vigne; là, au milieu des plaisanteries, des petites niches qu'on se faisait mutuellement, le soir arriva, et l'on reprit, en chantant en chœur une ronde villageoise, le chemin de Marly. Quelle douce surprise à l'arrivée! La cour et les jardins étaient illuminés en verres de couleur. Sous une allée couverte, une longue table était dressée, resplendissante avec sa nappe blanche comme neige, sa vaisselle de faïence bleue, ses verres brillants, ses mets parfumés, les fleurs qui marquaient chaque place; mais cette scène devint bien autrement vivante et joyeuse lorsque tous les convives y furent placés. Ce repas ne se termina que vers le milieu de la soirée; alors, aux accords d'une musique villageoise, mais vive et sautillante, des danses se formèrent. Nos collégiens firent merveille; ils s'élançaient, sautaient, les glissades se succédaient, leurs fatigues de la journée étaient bien loin de leur pensée, et jamais les petites villageoises admises, jamais les sœurs de ces messieurs, demoiselles un peu rieuses, malicieuses à l'excès, n'avaient vu des danseurs aussi infatigables. Je

crois qu'ils auraient continué longtemps encore; mais le jour qui s'annonçait par quelques
lueurs blanches, les lumières qui s'éteignaient,
les danseuses devenues plus rares, mirent fin à
leurs exploits, et tout le monde se sépara.

XI

LE CERF-VOLANT.

LE vent se leva doux et frais; c'était l'une
de ces belles journées d'automne à grandes
brises, à chants d'oiseaux, à feuilles qui tom-
bent en murmurant doucement : assise sur la
terrasse, madame Cantal, la mère de Léon, faisait déjeuner nos petits collégiens.

« Voici un temps superbe pour faire lever
un cerf-volant, dit Léon, en déchirant une
feuille de papier, et en jetant les débris au vent;
puis, les regardant s'élever, flotter, voleter
comme des papillons blancs, il ajouta : — Quel
dommage de ne pas avoir un cerf-volant; nous
nous serions bien divertis! Ah! si nous étions
à Paris, ce ne serait pas difficile à trouver;

mais dans ce village on n'a rien, absolument rien.

— Nous n'avons pas besoin qu'il y en ait, nous n'avons qu'à en faire un nous-mêmes, proposa Amédée.

— Rien n'est plus facile, dit Henri ; avec de l'osier, de la colle et quelques petites gravures, je te ferai un cerf-volant magnifique.

— Allons ! vite à l'ouvrage, s'écria Léon ; lui-même descendit couper de l'osier dans le jardin, Amédée fit ployer les rameaux souples, les recourba autour d'une tige plus forte ; Louis passait la colle sur le papier ; Henri découpait des étoiles, des cœurs, des triangles en papier doré ; Anna, la sœur de Léon, s'était décidée à sacrifier trois belles estampes pour l'embellissement du cerf-volant, et roulait en papillotes du papier rose qu'elle attachait après une ganse de même couleur. Le corps du cerf-volant terminé, chacun vint y ajouter quelque chose ; Léon suspendit au sommet et sur les côtés trois pompons bien bouffis qui s'agitaient aussi gracieusement que les clochettes d'un pavillon chinois. Anna attacha elle-même la belle queue rose bien fournie, bien longue. Henri, avec une symétrie d'artiste, parsema d'une multitude d'étoiles d'or la surface légèrement azurée du cerf-volant ; il place au milieu une Vénus, traînée dans son char. autour un Mayeux faisant

la révérence, un singe qni se faisait la barbe,
un Croquemitaine emportant une petite fille, et
le portrait fidèle du postillon de Lonjumeau.
Amédée borda le cerf-volant d'un filet rose;
Louis boucla les pompons, et tourna avec attention la pelote de ficelle autour d'une branche de sureau élégamment ratissée, sculptée.
Quand tout fut terminé, séché au soleil, un cri
d'admiration retentit sur la terrasse. C'était
vraiment un splendide cerf-volant; nos collégiens s'admiraient dans leur œuvre.

— Eh bien ! disait Léon en se frottant les
mains, et regardant de côté le cerf-volant
qu'Amédée plaçait sur toutes les faces; eh
bien ! ne vous l'avais-je pas dit que nous nous
en tirerions? — Je n'en ai jamais vu de si beau,
s'écriait Louis; je n'en achèterai plus chez l'é-
picier, ma foi !

— Les épiciers! reprit Amédée! je voudrais
bien faire quelque chose qui ressemblât aux
épiciers !

— Il ne s'agit pas de bavarder maintenant,
observa Henri ; notre cerf-volant est très beau,
mais encore un cerf-volant n'est pas fait pour
être regardé; voilà deux heures que j'entends
sonner à la pendule du salon : si nous ne nous
hâtons pas, nous ne pourrons pas le faire lever
aujourd'hui.

Anna demanda à sa mère la permission d'ac-

compagner son frère, et la pria avec instance
de venir elle-même présider à l'ascension du
merveilleux cerf-volant.

En conséquence madame Cantal prit son ouvrage, la broderie d'Anna, serra le tout dans
un panier à ouvrage dont la jeune fille se chargea, tandis que Louis passait à son bras le petit
pliant, inséparable compagnon des excursions
un peu lointaines. Henri posa le cerf-volant sur
son épaule, avec toute la majesté digne d'un
enseigne portant son drapeau; Léon tenait la
pelote de ficelle et soutenait la gracieuse queue;
derrière venaient Louis, Anna sautillante,
joyeuse, à l'abri sous un large chapeau de paille,
et madame Cantal, son ombrelle à la main.
Amédée allait en avant, explorant le pays, ou
plutôt les mûriers, les framboisiers de la route,
dont, avec une galanterie charmante, il re-
cueillait les fruits les plus noirs, les plus beaux,
pour les venir offrir d'abord à madame Cantal,
à Anna, puis avec moins de cérémonie à ses
petits camarades.

Enfin l'on découvrit une belle pelouse fraîche
et verte, entourée d'un rideau de peupliers.
De bruyantes acclamations, des cris d'enfants,
des robes blanches, de légères blouses grises,
qui passaient, repassaient à travers la feuillée,
annonçaient que la plaine était déjà animée
par d'heureux enfants en vacances, et un cerf-

volant qui se balançait, souple et blanc, au-
dessus de la cime des peupliers, disait assez
quel genre d'amusement les petits inconnus
avaient choisi.

— Bon ! les gens d'esprit se rencontrent, dit
Henri ; ils font lever un cerf-volant aussi.

— Tant mieux, s'écria Amédée, nous verrons
celui qui ira le plus haut.

La connaissance fut bientôt faite ; entre collégiens en vacances, petites filles de huit à dix
ans, c'est chose d'un instant. Tandis que les
demoiselles parlaient poupée et jouaient aux
quatre coins, que les mamans réunies brodaient
à l'ombre sur la lisière du bois, les petits garçons établissaient une comparaison entre les
cerfs-volants, et les inconnus témoignaient
leur profonde admiration pour le talent de nos
héros.

— Nous avons apporté le nôtre de Paris, et
il n'est pas certainement aussi beau, disait un
petit mutin, à la tête blonde, étourdie.

— Il est peut-être plus léger que celui-ci, dit
Léon ; la beauté fait peu de chose à un cerf-
volant.

— Eh bien ! essayons, proposa Amédée,
établissons une lutte entre les deux, faisons-les
partir en même temps, nous verrons celui qui
gagnera.

— Et quoi gagner ? observa un petit joufflu,

dont les grosses joues et la bouche riante at-
testaient quelque petite disposition à la gour-
mandise. Si nous étions aux Tuileries, on pourrait gagner du pain d'épices, des plaisirs, des
gaufres, et c'est joliment bon les gaufres ; mais
ici...

— Tiens, Edouard, tu n'y penses pas ; toi
qui es si gourmand, où donc as-tu la tête ?
vraiment je ferais une croix à la cheminée. Et
les tartelettes du pâtissier ! les tartelettes aux
cerises, aux abricots ! en rentrant dans le village, nous passerons devant la boutique.

Cette idée lumineuse fut suggérée par une
petite fille qui, en suivant la course sinueuse
de son cerceau, avait entendu les regrets friands
de son frère, et venait de les dissiper.

Donc la lutte, le duel commença. Bientôt,
s'élevant d'un vol égal, soutenu, les deux cerfs-
volants rasèrent la cime des peupliers, l'un se
détachant de l'air et de la verdure par sa blan-
cheur éclatante, l'autre par son corps légèrement azuré, par ses pompons roses, sa queue
carminée qui ondoyait, et tour à tour vacil-
lante dans l'air ou traînant sur la feuillée, était
d'un aspect si ravissant, et semblait l'aile rose
d'un oiseau bleu. Jusque-là il y avait égalité
parfaite ; en s'élevant, les deux cerfs-volants,
perdant de leur dimension, semblaient une cou-
ple de colombes, l'une bleue, l'autre blanche

comme neige, et toutes deux paraissaient voler de concert. Tout-à-coup le vent s'éleva plus fort, le cerf-volant bleu tourna, chavira... La sueur montait déjà au front de Léon et d'Henri : le rival, le blanc, montait toujours; l'autre flottait..... il allait tomber..... Soudain le vent changea, le cerf-volant d'azur se redressa, et, à l'étonnement de tous, s'éleva avec une vitesse prodigieuse, laissant au-dessous de lui ce rival pour lequel la victoire avait paru se déclarer un instant auparavant.

— Bravo! bravo! criaient Louis et Amédée en battant des mains.

— Ma foi, nous voilà enfoncés; à nous à payer les tartelettes. Nous sommes vaincus, clamait, d'un autre côté, l'amateur de gaufres.

En effet le cerf-volant adversaire tombait en tournoyant dans l'air, et bientôt après il gisait sur le gazon.

Quant à l'autre, on ne le voyait plus; il avait d'abord paru comme une étoile avec une queue flamboyante, une comète en miniature : puis la comète était devenue un point noir, puis ensuite le point noir s'était réduit à rien. Toute la ficelle était dévidée, les propriétaires du cerf-volant vainqueur avaient mal au cou, à force de lever la tête en l'air; ils ne voyaient rien.

— Il est clair que vous avez gagné, dit l'un des adversaires ; vous pouvez, si vous voulez, faire redescendre votre cerf-volant.

Amédée fit donc tourner la ficelle de nouveau ; mais la pelotte avait beau se regarnir, on ne voyait plus de cerf-volant.

— C'est fameux, murmurait Amédée ; il s'est donc envolé ce cerf-volant !

— Ma foi, il faut le croire, dit Louis assez piteusement, en allant ramasser la ficelle, qui, s'assouplissant dans l'air, venait de tomber, emportant, pour tout débris, tout vestige du vainqueur, un petit morceau de papier.

— Allons, il a pris des ailes, et il s'est envolé.

— Ce sera une étoile dans le ciel.

— Une comète soignée, ma foi.

— Il est parti, bon voyage ! — Il s'est trouvé trop beau pour redescendre, il nous a dit bonsoir. — C'est égal, vous avez toujours gagné les tartelettes.

Les mamans, les sœurs, qui s'approchaient, vinrent inviter nos petits garçons au départ ; tous rirent beaucoup de l'ascension du splendide cerf-volant, et, un quart d'heure après, les tartelettes, sortant du four, étaient rudement festoyées par la bande joyeuse. Ainsi se termina le duel, ou plutôt la lutte entre les deux cerfs-volants.

XII

LES PETITS BOTANISTES.

A LEUR tour, les petits Derbain avaient désiré amener leurs bons amis passer les quinze derniers jours de congé chez leur père, à Auteuil. On avait donc dit adieu à Marly, à son parc, à ses châtaigniers, à ses jolies petites chaumières presque toutes enlacées de vignes et de hauts rosiers blancs, presque toutes gardées par une bonne petite Vierge grossièrement sculptée dans la muraille moussue, et l'on s'était rendu à Auteuil. Là on n'avait pas retrouvé, comme à Marly et à Maisons, ces soins de mère, de jeunes sœurs, si délicats, si empressés; M. Derbain était veuf; mais il tâcha de faire oublier, par ses leçons, sa constante sollicitude, l'enjouement dont il entourait ses fils et leurs jeunes amis, l'absence de ces êtres chéris dont la mort l'avait impitoyablement privé. Aussi partageait-il toutes leurs promenades, tous leurs jeux, et jamais nos collégiens ne rentraient d'une excursion sans rapporter quelque connaissance nouvelle, quelque acquisition utile ou agréable.

Ce qui leur plaisait par dessus tout était la promenade dans le bois ou dans la prairie. Là un insecte qui volait, une fleur inconnue, le chant d'un oiseau, donnait lieu à des conversations remplies d'intérêt. Cela était venu au point que nos jeunes amis voulaient devenir botanistes ; ils avaient préparé de grands casiers blancs, d'autres en papier gris, pour mettre leurs plantes en presse, et ils remplissaient à l'envi leurs cahiers à feuilles blanches, sitôt que l'humidité de leurs fleurs avait passé dans les couches de papier gris.

Un jour qu'ils se promenaient avec M. Derbain dans le bois de Boulogne, Amédée ayant montré à son père le cahier qu'il décorait du titre pompeux d'*herbier*, celui-ci sourit en voyant toutes ces plantes entassées l'une sur l'autre. Il s'assit sur un petit tertre de gazon qui s'arrondissait autour d'un tronc d'arbre, invita les enfants à en faire autant, et essaya de leur faire comprendre ce que c'était qu'un herbier, que l'étude d'une plante.

— Je ne te blâmerai pas, dit-il en s'adressant à Amédée, du désir de commencer un herbier, tout au contraire ; mais c'est là une occupation moins d'agrément que d'étude. Un véritable herbier demande le plus grand ordre et beaucoup de connaissances en botanique ; les plantes se divisent en plusieurs classes ; ces

classes se subdivisent elles-mêmes en familles ;
il faut qu'elles soient rangées par degrés, et
que l'œil, en ouvrant l'herbier, soit mis au fait
de cette classification. Pour les disposer ainsi,
il faut savoir parfaitement distinguer ces familles, il faut beaucoup d'observation ; car ces
divisions naissent ou de la disposition des pétales ou de leur couleur, de leur nombre, de
la quantité des étamines, des propriétés phy-
siques ou médicales de la plante. Ainsi cette
petite fleur a quatre pétales disposés en croix :
elle est de la famille des crucifères ; ces frai-
siers que vous voyez à quelques pas ont leurs
fleurs rangées parmi les rosacées ; ces gueules
de loup sont de celle des papilionacées ; ainsi
de suite. Il ne vous reste guère qu'une huitaine
de jours, et vous irez au collége ; maintenant
les fleurs commencent à devenir rares, sans
cela je vous aurais fait commencer un herbier
sous mes auspices ; mais ce sera pour les va
cances prochaines ; le reste de celles-ci, nous
l'emploierons à distinguer les familles ; et c'est
alors, mes amis, que vous pourrez faire un
herbier utile pour vous amuser, et intéressant
pour tous ceux à qui vous le montrerez.

XIII

LE PETIT PÊCHEUR IMPRUDENT.

En effet, il ne restait plus que huit jours de vacances à nos collégiens; le temps coulait avec une rapidité effrayante, et chaque heure nouvelle qui sonnait leur jetait à l'oreille ce mot terrible : Le collège! le collège ! Léon lui-même, le studieux Léon, en avait presque le frisson. Enfin, la veille de la séparation étant arrivée, nos camarades voulurent consacrer la dernière soirée qu'ils avaient à passer ensemble à une promenade sur l'eau et une pro-menade nocturne.

Le temps les secondait à merveille dans leur projet. Il faisait un clair de lune si limpide, si beau, qu'on eût pu lire à cette seule clarté. Amédée résolut donc d'entreprendre une pêche au clair de lune. Malgré les représentations d'Henri et le souvenir de Léon, qui lui rappela qu'il n'avait pas été heureux à Maisons dans cette sorte d'entreprise, Amédée brava tout, emporta l'échiquier, regrettant seulement de ne pas être dans le Valais, où il prendrait grand plaisir, disait-il, à pêcher avec une serpe et une lanterne. Il eut même la tentation d'essayer, et l'aurait exécuté, si son frère ne l'eût fait souvenir que c'étaient des truites que les Valaisiens pêchaient de si étrange manière, tandis que lui n'avait à faire qu'à de pauvres goujons, et autre menu fretin.

Ils ne tardèrent pas à arriver près de la rivière; là ils louèrent un bateau pavoisé, une jolie petite gondole, et commencèrent à y entrer, à agiter les rames, et à la faire marcher, sans s'éloigner du bord pourtant. Ils en avaient fait la promesse à M. Derbain, qui, retenu par une affaire imprévue, devait les venir joindre bientôt. Là Amédée commença à faire des siennes, à se vanter, à parler à tort et à travers, à faire pouffer de rire ses camarades, car ses petites fanfaronnades n'étaient pas tant inspirées par sa petite vanité que par le désir de mettre ses compagnons en gaîté; donc, tout en faisant tremper son échiquier dans la rivière, il contrefaisait, avec une exactitude de collégien, toutes les baroques physionomies qui lui revenaient en mémoire.

— Messieurs, mesdames, disait-il d'un ton de fausset, attention! Voichi maître Parnapé, le bortier du collèche de Charlemagne, pon Allemand franchisé, manchant de la choucroute comme un enraché, poitant de la champe cauche, et tirant le corton, son pipe à la pouche.

Changement de décoration : — Voici made-
moiselle Laurette, la lingère, avec son œil de
cyclope, ses fluxions, ses lèvres pincées, taffe-
tas noir sur l'œil gauche, sa robe de bouracan
jaune, un bas bleu passé dans le poing, lequel
bas bleu vous la voyez repirser, remmailler, tout
en cancanant. — Passe. — Maintenant vous
avez l'honneur d'examiner **un** franc cuisinier
maître Jérôme Patignac. Sandié, messieurs,
lé voyez-vous, cé bravé gascon né sur lé vord
de la Garonne, avec son vonnet dé coton posé
sur l'oreille, son nez hérissé de verrues, la
vouche pleine, car il né s'ouvlie pas, maître
Jérômé ; lé voyez-vous tournant ses sauces, le
nez en l'air, son tablier retroussé, son couteau
brandissant, une, deux, trois ; avez-vous vu ?
passe. — Aïe, j'en ai un point de côté, dit Amédée, en s'arrêtant un instant et cessant ses
contorsions ; il recommença bientôt.

— Du burlesque passons au gracieux : l'A-
pollon du Belvédère, messieurs !

Maintenant, l'Hercule de Falaise !

— De Farnèse, imbécile, s'écria Henri en
riant. — Bah ! ça n'y fait rien, répondit Amédée ; attachez-vous à la pose, messieurs, non à
la parole. Admirez Zéphire pêcheur !.... Et
faisant vaciller le manche de l'échiquier, un
pied en l'air, les bras en avant, l'autre pied

posé sur le bord vacillant du bateau, l'impru-
dent se donnait des grâces.

— Comme c'est volatil, messieurs. — Ah !
fit-il tout-à-coup... Le pied lui avait manqué,
il tomba dans l'eau. Un cri du rivage se mêla
au cri des jeunes collégiens ; par bonheur M.
Derbain arrivait dans l'instant ; il plongea aussitôt après Amédée, et reparut avec lui, le posa
dans le bateau, y rentra lui-même, et tandis
que son fils faisait retourner le bateau à la
rive, il faisait revenir notre Zéphire pêcheur.
Amédée ne tarda pas à rouvrir les yeux et à
parler, à rire de plus belle, plaisantant sur sa
chute et sa pose volatile. Il aurait resté volontiers encore ; mais son père remarqua qu'il
était pâle ; il avait le frisson ; ses vêtements
étaient trempés, et cet incident mit fin à la
promenade sur l'eau.

Le lendemain matin, tous quatre partirent
pour Paris : trois jours de vacances restaient
encore ; mais ils allèrent les passer chacun
dans leurs familles, qui étaient revenues, pour
cette seule cause, séjourner quelque temps à
Paris. En descendant de voiture, nos collégiens se firent donc leurs adieux, leurs do-
léances, puis ils se consultèrent, en formant
de grands projets pour les vacances à venir.

XIV

LE PETIT CONTEUR.

Voila qui est fait! nous avons enterré les vacances, nous sommes engagés pour onze mois
encore comme ça, dit Louis à Léon, comme
la grande porte du pensionnat se refermait
derrière eux, et qu'ils avaient pour toute pers-
pective la vue de la grande cour, et le minois
peu gracieux de madame Laurent, la portière.

— Oh! nous aurons bien encore des congés
par-ci, par-là, répondit Léon d'un air distrait;
et,. s'adressant à madame Laurent, il lui demanda si Adrien était déjà rentré.

— Je le crois bien, depuis trois semaines il
est ici; sa maman n'a pas voulu l'avoir sur le
dos: c'est un vrai démon de Lucifer, y n'y te-
naient pas chez eux, il leur a tant fait de niches
qu'ils nous l'ont renvoyé. Jésus du bon Seigneur! quel diable, quel garnement; y nous a
tout fait, quoi! Ah! j'ai qu'un garçon, Bibi
que v'là; mais s'y fallait qu'y soit dévergondé
comme ça queuque jour, je le mettrais du
coup aux Enfants-Trouvés.

— Ce pauvre Adrien, dit Léon en s'éloi
gnant, il a mauvaise tête, mais bon cœur. Je
suis sûr... Sa pensée acheva ce qu'il voulait
dire.

— De quoi es-tu sûr, Léon ? demanda Louis.

— Oh ! ce n'est rien, répondit Léon ; je crois
qu'on n'obtiendra aucun changement d'Adrien
par les punitions, et qu'on en ferait tout ce
qu'on voudrait si l'on savait le prendre... C'est
un bon garçon au fond... Oh ! cela ne passera
pas inaperçu, dit-il encore tout haut, comme
répondant à sa pensée ; et une larme d'atten-
drissement brillait dans ses yeux.

Quinze jours après, un jeudi soir, pendant la
récréation qui précède le souper, dans le jardin du pensionnal, s'étaient assis et groupés
nos anciennes connaissances : Prosper, Ar-
thur, Oscar, Louis, Léon et tous les autres,
jusqu'à maître Bibi, qui ce jour-là, par paren-
thèse, avait échangé son bourrelet contre une
belle casquette bordée de peau de lapin.

Adrien s'y trouvait aussi, par extraordinaire ;
car, toujours plus méchant sujet, il était ré-
gulièrement en retenue tous les jours. Quelquefois, étonné de la constante perversité, des
habitudes blâmables de cet enfant, le maître
l'avait engagé à se corriger, lui rappelant,
pour preuve de sa mauvaise volonté, les quinze
derniers jours qui précédèrent les prix, laps

de temps pendant lequel sa conduite fut vraiment exemplaire. Toutes les fois que M. Sennerre parlait de ce temps-là, l'incorrigible répondait, avec une pirouette, que ça ne prouvait rien. « Bah! c'est que j'étais malade : à présent, je me porte bien, c'est une autre paire de manches! » et il s'en allait en fredonnant. Une fois pourtant il avait, en relevant la tête, rencontré le regard pénétrant de Léon fixé sur lui : ce regard l'avait décontenancé; devenu tout rouge, il s'en était allé rêveur.

— Oh! je ne me suis pas trompé, dit Léon; c'est à lui que je dois cela : pauvre Adrien, je te ferai connaître. Ce soir-là donc, tous les écoliers étaient rassemblés autour de Prosper, qui lisait à haute voix les Contes de fées de madame d'Aulnoy.

Adrien, tandis que tous écoutaient avec une grave attention les merveilleuses aventures de la princesse Gracieuse et du prince Percinet, faisait mille singeries pour détourner leur attention, relevait les velours et les cuirs échappés au lecteur, était insupportable comme toujours.

— Oh! que c'est bête les contes des fées, dit-il enfin en bâillant et ouvrant une mâchoire démesurée; faut-il être godiche pour écouter ça!

— Voyons, Prosper, demanda Léon, si tu

veux me céder la place, je lirai à mon tour non pas un conte, mais une histoire véritable.

Prosper céda sa place à Léon ; Adrien n'eut rien à objecter ; il était à remarquer qu'il ne lui arrivait jamais de railler lorsqu'il s'agissait de Léon. Celui-ci commença donc l'histoire suivante, qu'il avait copiée. dit-il, dans un recueil d'anecdotes

XV

L'ÉCOLIER CONVERT

« Edmond Saincy, enfant gâté d'abord par
» des parents trop indulgents, avait été, en
» entrant au collége, forcé d'abandonner
» ses petites jouissances, ses caprices, ses
» jouets, ses fantaisies habituelles, et s'était
» révolté tout d'abord contre la discipline du
» collége. Rempli de mémoire, d'intelligence,
» il réussissait presque sans travail, et cette
» facilité ne fit qu'aggraver ses coupables qua-
» lités d'écolier, savoir : l'entêtement, l'insu-
» bordination. Edmond était le premier chip-
» peur du collége, la plus mauvaise tête, la

» plus paresseux, le plus méchant en appa-
» rence ; car plusieurs fois, par sa faute, ses
» intrigues, il avait fait renvoyer des domes-
» tiques, des maîtres d'étude. Forcé de sévir
» contre lui avec sévérité, le maître du pen-
» sionnat n'oublia qu'une seule chose, l'indul-
» gence et le pardon. Souvent, en voyant un
» élève réparer une étourderie par une preuve
» de sensibilité, il prononçait ce dicton de col-
» lége : Mauvaise tête et bon cœur ! puis il re-
» gardait Edmond en secouant la tête d'un air
» qui voulait dire : Là tout est mauvais. Ses
» parents aussi se débarrassaient le plus sou-
» vent qu'ils pouvaient de cet enfant insup-
» portable ; le maître ne le gardait qu'à grand'-
» peine, grâce aux prières instantes de sa mère.
» Quand un écolier s'était bien mal conduit,
» la dernière expression de mécontentement
» était celle-ci : « Vous serez bientôt plus mé-
» chant qu'Edmond. »

— C'est tout comme pour Adrien, s'écria
Louis, sans réfléchir. — Vraiment! répondit
Adrien en lui faisant la grimace. — Oh ! mais
nous ne sommes pas au bout, dit Léon ; vous
allez voir qu'Edmond valait mieux qu'on ne
pensait. — Là il regarda encore Adrien ; cette
fois son regard était plein de reconnaissance.
Adrien se retourna pour essuyer une larme qu'

roulait dans ses yeux, et se mordit les lèvres.
Léon continua :

« Les camarades d'Edmond se déclarèrent
» de même contre lui; les mauvaises têtes
» seules l'admettaient au milieu d'eux, tout
» autre ne le voyait qu'avec répugnance ; et
» par cette même raison qu'il raillait sur tout,
» rien ne pouvait lui échapper sans qu'il fût
» raillé à son tour.

» Ceux qui partageaient le fruit de ses esca-
» pades le craignaient, mais ne l'aimaient
» point; et, lorsqu'ils le voyaient faible, acca-
» blé, ils en donnaient la preuve en se décla-
» rant contre lui.

» Entre autres exemples, cela arriva un soir :
» Edmond avait sans doute bien mal soupé ce
» soir-là ; il avait tout refusé, les plats n'é-
» taient point de son goût, et il comptait peut-
» être sur le succès de ses recherches de chip-
» peur. Mais malheureusement je crois qu'il
» trouva tout fermé ; car un maître étant venu
» annoncer qu'on allait à la promenade, il s'en
» réjouit beaucoup, en disant qu'il mourait de
» faim et qu'il espérait se rassasier de pain
» d'épices. On allait aux Champs-Elysées ; sa
» bourse n'était pas très bien garnie; comme
» il devait à tout le monde, il n'osait emprun-
» ter. Son appétit se trouva encore aiguisé par
» la route; il crut faire merveille en achetant

» cette sorte de pâtisserie qu'on appelle chaus-
» son; il y dépensa le peu qu'il possédait. Ces
» chaussons se trouvaient très durs, puis rem-
» plis de haricots, de pommes de terre, légu-
» mes collégiens s'il en fut, et qu'Edmond dé-
» testait de toute son âme. Cela le rendit fu-
» rieux; il courut après la marchande, l'inju-
» ria, la somma de lui rendre son argent; cel-
» le-ci, sans perdre la tête, lui donna un vi-
» goureux soufflet, et le campa là juste au
» moment où le maître venait le chercher pour
» retourner au pensionnat. Je vous demande
» s'il fut bafoué, moqué en chemin; c'était à
» qui le plaisanterait le plus amèrement, l'hu-
» milierait; aussi arriva-t-il au comble de
» la colère; pensez qu'il avait l'estomac vide
» et la joue encore chaude du soufflet. Un seul
» ne lui avait rien dit, non pas qu'il fût meil-
» leur que les autres... »

— Oh! cela c'est différent, interrompit
Adrien. Il s'arrêta, rougit beaucoup; Léon reprit sa lecture.

— « Non pas qu'il fût meilleur que les au-
» tres, mais parce qu'il sentait bien que ce
» pauvre Edmond devait avoir faim, et qu'il
» n'entrait rien de sa faute dans tout cela. Il
» se trouva que celui-ci possédait dans sa case
» un petit pain mollet et un pot de confitures,
» apportés par sa mère dans la journée; il l'of-

» frit à Edmond, et le pauvre garçon en avait
» réellement besoin. Certes c'est la chose que
» tout collégien aurait faite; mais Edmond fut
» peut-être touché que celui qu'il n'épargnait
» pas l'avait épargné ce jour-là; et que fit-il?»

Ici Adrien se leva et s'en alla; mais derrière
le tronc d'arbre devant lequel s'étaient groupés les enfants s'appuyait alors M. Seanerre.

— « Que fit-il? Le père de Paul, étant tombé
» malade, envoya chercher son fils le lende-
» main, et cette absence forcée le privait de
» deux compositions décisives pour les prix :
» l'une, composition d'histoire; l'autre, de ver-
» sion. Edmond devait les remporter infailli-
» blement; on s'attendait à voir éclater sa joie.
» Point du tout, il garda le silence, et on n'eut
» qu'à se louer de sa conduite pendant les der-
» niers jours des prix. Paul revint bientôt;
» mais de deux compositions, il n'en put faire
» qu'une, et la fit très mal, n'ayant pas eu le
» temps de jeter un regard sur ses cahiers.
» Le jour des prix arriva; il était tout chagrin,
» car il n'espérait guère qu'en ces deux prix,
» et l'absence qu'il avait faite lui ôtait tout es-
» poir. Quelle fut sa surprise de s'entendre
» appeler successivement pour l'histoire, la
» version latine! Un moment il crut rêver; ma-
» chinalement il regarda Edmond, il le vit
» épanoui de joie. Alors il comprit tout : il

» comprit pourquoi Edmond n'avait pas vou-
» lu aller à la promenade un certain jour; il
» se souvint qu'en prenant sa composition sur
» son pupitre pour la remettre au professeur,
» il s'étonna de la trouver si volumineuse. Il
» se rappela la félicitation qui lui fut adres-
» sée sur son changement d'écriture; il com-
» prit qu'Edmond avait fait ses deux compo--
» sitions, cela par reconnaissance pour une
» moquerie retenue, un peu de charité d'éco-
» lier. Il voulut parler, déclarer hautement
» la supercherie, faire apprécier cet Edmond
» que tous méconnaissaient; mais les prix
» qu'il venait de recevoir se trouvaient les
» derniers à distribuer, sa voix fut étouffée
» par le tumulte. Il voulut rejoindre Edmond,
» celui-ci était déjà parti. »

— Ce pauvre diable, s'écrièrent tous les écoliers, c'était un brave garçon, ma foi! tout le
monde n'en ferait pas autant.

— Non; mais ce qu'il y a de mieux, dit Léon,
qui ne regardait plus dans son livre, ce qu'il
y a de mieux, c'est qu'il n'en parla point, il
n'alla pas s'en vanter.

— Oui; mais l'autre devait le dire : ce pauvre Edmond, si on le punissait toujours, c'é-
tait désespérant : peut-être qu'il aurait changé.

— Et c'est bien ce que je vais faire aussi;
j'attendais l'occasion depuis longtemps, Mes-

sieurs : ce n'est pas Edmond, mais Adrien qui a fait ce généreux sacrifice ; c'est à Adrien que je dois les prix d'histoire et de version.

— Impossible ! s'écrièrent les écoliers ! — Voilà pourtant la vérité ; il a bien vu ce que je voulais dire, aussi est-il parti : M. Sennerre n'aurait qu'à chercher parmi les compositions, je suis sûr de ce que j'avance.

M. Sennerre avait tout entendu : sans dire un seul mot, il alla chercher les compositions. Le fait se trouva vrai, toutes deux étaient d'Adrien... Muni de ces pièces de conviction, qui lui donnaient l'espérance de ramener au bien une tête égarée, il courut au jardin ; il était désert. En entrant dans la salle d'étude, il vit tous les pensionnaires assemblés autour d'Adrien, que Léon embrassait, remerciait, que tous félicitaient à l'envi. Lui, Adrien, pleurait, appelant Léon son véritable ami.

Dès que les enfants aperçurent M. Sennerre, un seul cri s'éleva pour l'instruire du sacrifice de leur camarade.

— Je sais tout, répondit M. Sennerre ; et, s'avançant, il embrassa Adrien, et lui dit : Vous avez préparé une grande joie à votre mère, Adrien ; voulez-vous continuer ? voulez-vous changer de vie ?

— Oh ! Monsieur, s'écria l'enfant avec effusion, vous verrez !...

Adrien est aujourd'hui l'émule de Léon, aux classes comme aux récréations; son caractère a entièrement changé, c'est un modèle : lorsque sa mère ou son maître le félicite, il se retourne vers Léon, et lui dit : Ami, c'est à toi que je dois tout cela. Léon alors est plus heureux que lui.

LE VOYAGE.

Lorsque Abraham eut enseveli son père dans le pays des Chaldéens, le Seigneur lui dit :

— Quittez votre patrie, vos parents, vos amis, et marchez vers la terre que je vous montrerai. Je ferai sortir de vous un grand peuple, je vous bénirai, je rendrai votre nom célèbre et vous serez le père de ceux qui croiront en moi.

Abraham fit aussitôt ce que le Seigneur lui ordonnait. Il prit avec lui Saraï sa femme, et Lot, fils de son frère, avec tout ce qu'il possédait à Haran, et partit pour la terre promise.

Après avoir marché longtemps, il rencontra sur sa route une caravane de marchands qui revenaient de Tyr, d'Egypte et d'Arabie, avec leurs chameaux chargés d'or et d'argent, de pierreries et d'ivoire, de fin lin, de soie, de pourpre, de toute sorte de bois précieux, de froment, d'huile, de parfums et de toutes les richesses de la terre.

— Où allez-vous, lui dirent-ils, et quel est le but de votre long voyage?

— Je vais, répondit Abraham, vers une terre éloignée.

— Et quel est le nom de cette terre, lui dirent encore les marchands, quelle est la route qui y conduit?

— J'ignore le nom de cette terre, et je ne connais pas la route qui y conduit, répliqua le père des croyants.

Les marchands se mirent à secouer la tête, comme pour se moquer d'Abraham, et dirent :

— Singulier voyage! si vous ignorez à la fois le but et le chemin, venez avec nous, suivez les pas de nos chameaux, plutôt que de vous égarer dans le désert, où aucune route n'est tracée.

— Non, répondit le Patriarche ; celui qui

m'a appelé saura bien me conduire, et je crois
à sa parole.

Alors les marchands s'éloignèrent en le rail-
lant de sa foi crédule. Mais lui continua sa
route et arriva dans la terre promise.

ACHILLE, OU LA MONTRE.

Que peut-on désirer dans un jeune homme,
quand il unit le courage à la sensibilité ?

Les écoliers d'une pension étaient en vacances. *Achille*, le plus studieux de tous, venait
de remporter tous les premiers prix ; pour lui
en témoigner leur satisfaction, ses parents lui
firent présent d'une montre d'or.

A douze ans avoir une montre cela est bien
joli ! d'abord parce qu'on a l'air d'un homme,
et puis c'est une preuve de confiance qui flatte
l'amour-propre : donnerait-on une montre à
un enfant?

Achille retourna à sa pension avec sa belle
montre ; il la fit voir aux professeurs, à tous
ses camarades, et même aux domestiques ; il

se servait de mille prétextes pour la regarder : jamais cadeau ne lui avait fait autant de plaisir!

Achille et quelques autres avaient devancé leurs camarades pour rentrer en classe; le temps n'était pas encore venu de reprendre les exercices; on mena les écoliers dans les champs pour qu'ils pussent se divertir. La terre était dépouillée de ses richesses; la troupe vagabonde, chargée de ballons et de cerfs-volants, s'étendit sur une surface d'un demi-quart de lieue, tandis que le professeur, un livre à la main, s'assit au pied d'un arbre, tranquille sur cette belle jeunesse qui, dans ce lieu, n'avait rien à craindre.

Le cerf-volant de notre écolier était lancé dans les airs; il le suivait en tenant sa ficelle, et s'éloignait insensiblement de ses camarades, quand la vue d'un jeune homme, couché à plat ventre sur le gazon, arrêta ses pas. Ce jeune homme tenait sa figure cachée dans ses deux mains et pleurait amèrement. Tout en regardant cet infortuné, dont la mise n'annonçait pas la misère, Achille remettait sa ficelle sur son petit bâton et faisait abattre son cerf-volant. Quand il eut fini, il s'approcha de celui dont la vive douleur le touchait; mais ce fut en vain qu'il lui demanda la cause de son affliction : le malheureux jeune homme ne lui répondit point.

Sans se rebuter, Achille s'assit à côté de lui, et mêla ses larmes aux siennes, en le priant avec ingénuité de modérer son désespoir et de lui en faire connaître la cause.

La voix douce et sentimentale de cet enfant parvint au cœur du jeune homme; il eut honte d'être vu en cet état et de ne pas répondre à des instances naïves faites avec la plus délicate sensibilité. Mon ami, dit-il à Achille en soulevant sa tête, éloignez-vous, je vous prie, et reprenez vos jeux : vous ne pouvez rien pour moi...

Pendant que l'inconnu prononçait ce peu de mots, Achille l'examinait; sa figure, quoique couverte de larmes, était douce et expressive, l'enfant se sentit entraîner vers lui par un pouvoir surnaturel : « Non, dit-il, je ne m'éloignerai pas, et vous me direz ce qui vous afflige, je suis d'âge à vous entendre; je n'ai pas un cœur de rocher : vous me rendriez bien malheureux si vous me refusiez cette faveur!... » Puis il lui prenait affectueusement la main, et ses larmes coulaient en abondance.

Extrêmement sensible à l'intérêt que lui témoignait ce charmant enfant, l'inconnu se releva; il s'assit sur le gazon, puis il lui dit, en le regardant avec tendresse : « Mon jeune ami, ma douleur est bien juste ! Puissiez-vous ne jamais connaître la peine que j'éprouve en ce moment ! Mon père vient d'être arrêté pour dettes !... » En achevant ces mots qui lui avaient beaucoup coûté, il se cacha la figure avec son mouchoir et recommença ses soupirs... Achille pleura avec lui.

L'inconnu le pria encore de l'abandonner à sa douleur; mais jamais il ne put obtenir que ce sensible enfant le quittât. Aussi triste que son inconnu, Achille, la tête appuyée sur sa main, se mit à réfléchir autant que son âge put le lui permettre. Tout-à-coup il leva tête : « Mon ami, lui demanda-t-il en lui prenant affectueusement la main, combien d'argent doit votre père? Hélas ! mon petit ami, répondit le jeune homme, il lui faut cent écus ! O mon Dieu ! si je les avais, dit Achille, je vous les donnerais tout-à-l'heure pour délivrer votre père ; mais je suis un enfant qui ne possède rien !... cependant !... oui... je n'y pensais pas !... j'ai une montre !... et il la tire de son gousset : combien vaut-elle ? »

Sans vouloir la regarder, l'inconnu le remercia de son bon cœur, et garda son attitude. Achille insista ; alors le jeune homme essuya ses yeux ; il lui fit voir la faute qu'il allait commettre en se privant d'un objet de cette valeur que ses parents lui avaient donné : « Jo

6

serais répréhensible, ajouta-t-il, si, abusant
de votre âge, j'acceptais, même pour délivrer
mon père, un bijou dont vous n'avez pas le
droit de disposer : car les enfants n'ont rien à
eux. « Cette montre est bien à moi, reprit
Achille avec vivacité : c'est la récompense de
mon travail ! »

— « Raison de plus, reprit le jeune homme,
pour que je me garde bien de la prendre !...
mais cessons ce combat entre l'honneur et la
nature ; c'est disputer trop longtemps. » En
achevant ces mots, il se leva pour s'éloigner.

Pendant que l'inconnu parlait, Achille
s'était affermi dans sa résolution : il s'attacha
à la basque de son habit et protesta qu'il ne
le quitterait pas qu'il n'eût accepté sa montre... « Écoutez-moi, mon ami, lui dit-il, votre
père ne sera pas toujours malheureux ; il me
rendra ma montre ; tenez, voici ce que je
pense : cette montre ne vaut pas cent écus,
mais elle paiera toujours une partie de la
somme. »

Ces derniers mots changèrent les disposi-
tions de l'inconnu : il a raison, se dit-il à lui-
même, c'est un prêt qu'il me fait ; je ne pèche
que par la forme, car, je le sens, c'est manquer de délicatesse d'accepter quelque chose
d'un enfant à l'insu de ceux qui veillent sur
lui : mais la circonstance où je me trouve sera

mon excuse... Avec cette montre j'amollirai
l'âme féroce de l'homme qui a fait enfermer
mon père, et j'obtiendrai du temps pour le
reste... » L'idée de rendre la liberté à son père
sécha ses larmes et leva toutes les difficultés.
« Mon petit ami, dit-il à Achille en l'embras-
sant, j'accepte votre montre à titre de prêt, et
le premier qui sera acquitté; mais il est juste
que je me fasse connaître : mon père, qui se
nomme Destouches, est garçon chapelier,
après avoir été bien établi, et travaille à pré-
s,at en fabrique... Devenu veuf de bonne
heure, et n'ayant que moi d'enfant, ce bon
père voulut me donner une éducation qui me
mit à même de prendre un état plus avanta-
geux que le sien : il m'envoya au collége, et
il eut soin que je fusse vêtu proprement : les
frais de mon instruction lui ont fait contracter
des dettes; je suis donc la cause innocente du
malheur qui lui arrive aujourd'hui; c'est pour
quoi ma douleur n'a point de bornes!... »

Achille se trouva aussi heureux après avoir
donné sa montre que lorsqu'il l'avait reçue de
son père : il allait par ce léger sacrifice délivrer un homme de prison et consoler son
fils!... Mais il lui vint en pensée que peut-être
ce fils trop délicat, nommé *Thomy,* irait tout
avouer à son maître de pension, qu'il craignait
beaucoup! Pour éviter ce contre-temps,

Achille voulut que Thomy lui donnât sa parole d'honneur de ne parler à personne, excepté à son propre père, de ce qui venait de se passer entre eux : Thomy lui promit le secret. Tranquille sur ce point, l'écolier quitta son nouvel ami, tout joyeux d'avoir essuyé ses larmes.

On s'aperçut qu'Achille n'avait plus sa montre. On voulut savoir ce qu'elle était devenue. Ce noble enfant dédaigna de recourir au mensonge ; mais il garda un silence absolu. On employa les prières, puis les menaces, pour découvrir ce mystère. Obligé de répondre, Achille dit enfin que sa montre lui appartenait et qu'il en avait disposé, mais qu'on ne saurait jamais en faveur de qui. Tant de fermeté irrita son maître, qui le punit sévèrement ; le courage d'Achille ne se démentait point : « J'aime mieux souffrir, dit-il, que de commettre une lâcheté ; et c'en serait une de nommer celui à qui j'ai rendu service !... »

Le père d'Achille, instruit de la perte de la montre, ainsi que de la conduite de son fils, pria le maître de ne pas s'inquiéter sur ce point : « Cette montre était son bien, lui écrivait-il ; le temps nous apprendra l'usage qu'il en a fait : j'aime son courage et surtout sa discrétion. »

Chargé de la montre, Thomy courut chez

son impitoyable créancier; il se jeta à ses
genoux et le pria, en fondant en larmes, de
recevoir cet à-compte et de lui rendre son
père!... Le créancier, songeant en lui-même
que de retenir un homme qui n'a rien, ce n'est
pas le moyen d'en être payé, parut s'adoucir
un peu : il se rendit à la prison, et fit signer
au malheureux Destouches un écrit par lequel
le prisonnier s'engageait à payer tous les mois
une somme dite, jusqu'à concurrence de paie-
ment ; ensuite il le laissa aller.

Cette prompte sortie était une énigme pour
Destouches : son fils lui en donna l'explica-
tion, en lui racontant la rencontre qu'il avait
faite et la noble conduite de l'aimable Achille.
Destouches leva les yeux au ciel! « Si jeune,
dit-il, et déjà si humain! le ciel le bénira!...
Mais c'est à nous maintenant de faire notre
devoir. »

S'étant habillé proprement, Destouches se
rendit chez le père d'Achille. Il lui avoua les
choses telles qu'elles s'étaient passées, il se reconnut son débiteur, et appela sur le jeune
Achille toutes les bénédictions du ciel!... Le
père de l'écolier fut dans le ravissement de ce
qu'il entendait!... A son tour, il conta à Destouches la rude épreuve où la vertu d'Achille
avait été exposée, et son courage héroïque :
« Je veux, ajouta-t-il, que mon fils reçoive le

prix de cette bonne action, et de la manière
qui peut lui faire le plus de plaisir : venez
demain, M. Destouches, vous serez témoin du
bonheur d'un père. »

Le lendemain, Destouches et Thomy se
transportèrent chez M. Delambre, père d'A-
chille ; le jeune écolier y était déjà, sans trop
savoir pour quelle raison son père l'avait fait
venir ; à la vue de Thomy, il tressaillit, et lui
jeta un coup d'œil de reproche!... Destouches
prit Achille dans ses bras ; il le serra sur son
cœur, en l'appelant son bienfaiteur et son
ami!... L'enfant, cédant à ce mouvement de
tendresse, embrassa le père et le fils avec
toute la joie d'un bon cœur qui fait des heureux. « A présent, c'est à moi de te récompen-
·ser, Achille, lui dit son père, du digne emploi
que tu as fait d'un bijou qui paraissait te faire
tant de plaisir : au lieu de ta montre, que je
laisse à Thomy, je te donne la mienne ; non-
seulement elle est plus belle, mais ton père
l'a portée et il te la donne comme à son ami!...
Voici encore un portefeuille, ouvre-le. Achille
l'ouvre, il en tire un papier : c'était le don
d'une somme de dix mille francs, qu'il devait
laisser sans intérêt, pendant un certain nombre
d'années, entre les mains de Destouches, pour
rétablir ses affaires et assurer un état à son
fils. « C'est ainsi, mon enfant, dit ce bon père,

que l'on récompense un cœur comme le tien, en lui donnant les moyens de rendre heureux ses semblables. »

LE MEURTRIER.

Jérôme était un garde-chasse qui remplissait fidèlement les devoirs de sa place. Un jour, il rencontra sur les terres de son maître, Félix, un de ses amis, qui braconnait, c'est-à-dire qui chassait sans permission. Il l'avertit que, s'il le surprenait une seconde fois, il ne pourrait se dispenser de faire son devoir. Félix rit de la menace, et peu de jours après, ayant été rencontré de nouveau par Jérôme au moment où il tirait un daim sur les terres que gardait celui-ci, il ne put, malgré ses prières, empêcher Jérôme de dresser son procès-verbal.

Le maître voulait un exemple, il cita Félix devant le tribunal, et le fit condamner à une

amende ; cette amende était bien légère ; tou-
tefois Félix, furieux d'avoir été appelé en
justice, conçut une haine mortelle contre le
propriétaire et le garde-chasse. Pour se venger du premier, il continua de braconner chaque jour chez lui ; mais il faisait en sorte
d'échapper à l'œil vigilant du second. Cependant un soir Jérôme le surprit en flagrant délit ;
une discussion s'éleva entre eux, et le braconnier tua le garde-chasse d'un coup de fusil.
Personne n'avait vu commettre le crime ;
aussi Félix évita-t-il le châtiment qui lui
était dû.

Après ce cruel événement, il voulut renon-
cer à la funeste habitude qu'il avait contrac-
tée ; mais, pour le punir sans doute, Dieu avait
fait dégénérer en une véritable passion le
goût qu'il avait pour la chasse. Il ne cessa
donc pas de braconner et de s'attirer de temps
en temps des procès, qu'il finit par regarder
comme les conséquences nécessaires de sa conduite coupable.

Jérôme en mourant laissa une veuve et un
enfant de dix ans environ. Douze ans plus
tard cet enfant, élevé par l'un de ses oncles
pour la profession de son père, prit la place
que celui-ci avait occupée. Le maître avait
toujours témoigné un vif intérêt au fils de
l'homme mort à son service ; il célébra par

une grande chasse l'installation de son nouveau garde. Les chiens débusquèrent et pour-
suivirent un superbe chevreuil. Au moment
où l'animal passait à une grande distance
d'Hubert (c'était le nom du nouveau garde-
chasse), il lui tira un coup de fusil qui le
blessa, et voulut l'achever d'un second coup.
A peine l'eut-il fait partir, qu'il entendit sortir
des broussailles qui se trouvaient dans la direction du chevreuil un grand cri accompagné
de ces mots : *Il m'a tué!*

Hubert et les autres chasseurs se précipitè-
rent vers l'endroit d'où partait cette voix ; ils
y virent un homme étendu à terre, et baigné
dans son sang. On le reconnut bientôt : c'était
Félix le braconnier, qui, surpris au moment
où il chassait, s'était caché dans ce fourré.

Hubert pleurait à chaudes larmes, s'accusait
d'avoir commis un meurtre, voulait visiter la
plaie de Félix et lui demandait pardon, pro-
testant de son innocence. Dès que Félix l'eut
envisagé, il frémit de la tête aux pieds, comme
s'il eût reçu une nouvelle blessure. Pendant
quelques instants, il le regarda fixement, et lui
dit enfin :

« Recule-toi, Hubert, et cesse de me de-
» mander pardon ; sans le vouloir, sans le
» savoir, tu viens de venger ton père. C'est
» moi qui, il y a douze ans, assassinai Jérôme,

» pour l'empêcher ('accomplir son devoir.
» Mon crime resta ignoré de tous ; mais Dieu
» le savait et il t'a amené par la main pour me
» punir au moment qu'il avait fixé. C'est jus
» tice. » En prononçant ces mots, il expira.

FIN.

TABLE

FIN DE LA TABLE.

Limoges. — Imp. EUGÈNE ARDANT et Cie.

www.ingramcontent.com/pod-product-compliance
Lightning Source LLC
Chambersburg PA
CBHW051554280626
47162CB00022B/2297